独自生活

独木舟 著

陕西新华出版
太白文艺出版社·西安

果麦文化 出品

前言

独自生活
的
那些年

签售结束后,我终于从旷日持久的紧张里松懈下来,回到了平淡重复的日常生活。心间仿佛有尘埃飘落的声响,极轻微,不易觉察。

每次出了新书,总要奔赴各个城市见见读者们,即便在签售现场只有短暂的交流机会,我仍为这种仪式感所感动。那些平时只能在网上聊天的妹妹和好友,我们也终于能在深夜里促膝畅谈,不必修饰语言。

我常年生活在寂静中,对我来说,这样面对面的交流不仅是难得的热闹,更是对生命里那些持久芬芳的情谊的一次确认。

北京签售会的前一天晚上,我在小红书上收到一条简短的私信。一个顶着蜡笔小新头像的女孩说:"舟,我马上就要毕业,要出去租房子独居了,希望能看到你分享一些独居好物,或是生活技巧、注意事项。"

她发来两张跟我的合影,一张是在我2020年的签售会,另一张是在2024年的签售会,像是一条链子的搭扣——两张合影中间相隔的恰好是她的整个大学年华。

这条私信提醒了我,又到毕业季了,这意味着又将有一批年轻小孩离开校园,将生活用品打包收起,从学校踏入社会,从集体生活迈入独自生活,正如许多年前的夏天,许多年前的我。

过了三十岁之后,我的飘浮感比年轻时更强烈,也更具体,我说不上为什么。或许是因为年轻时近乎偏执地抵抗"什么年纪就该做什么事"的思想,自以为有一番主张,于是到了该向命运交出阶段性答案时,我的卷面还有大片空白。

因此我心里时常会涌出一股灰色的寂灭感,它比现实更真实、剧烈、强悍,却不能够交托于他人。没有依靠,无人倾诉,只能静静地坐在房间里,等待情绪像潮水一样退去,身心重新平静下来。

毕业后我就开始独自生活。后来我无数次梦回当初租的第一套房子,里面的一切都散发着二十世纪的味道:老式的家具，破洞的纱窗，水龙头是拧的，厨房的壁砖是白色的小方块，离灶台近的那片区域布满了陈年油垢，晚上有老鼠出没。笨重的电视机只有三四个台能看，其他的都是雪花。空调修过几次，也没修好，我便自己买了一台黑色的落地电扇。

倒也不是全无好处：房租便宜。

最初我和一个女生合租，她有交往多年、感情稳定的男友，很快就搬了出去。她的房间空出来后我没有再找室友，两间卧室都可以为我所用，但我还是坚持住在自己原本的那间。

我在那个房间里睡觉、看书、听歌、写小说、修照片，一边看电影一边吃饭。写稿子写到卡壳，就在电脑上玩一款叫"美味星球"的单机游戏。

悲伤的时候也喝酒，几块钱一瓶的啤酒，玻璃瓶子沿着墙壁摆成一排。攒到一定的数量，就叫收废品的师傅一次性拉走。

有时朋友们会来找我玩，我们煮一大锅饭，随便炒几个菜，在客厅里聚餐。其中有人成了亲近的闺密，有人则渐渐失去了联系。我印象最深的一个女孩，她跟我同年，于2015年病逝，去世的时候才二十八岁。

那间破败的旧居是我真正迈入成年生活的起点，它粗糙，简陋，藏污纳垢，实在没有什么值得留恋。从那里搬走时我的行李少得有点儿寒酸，最贵重的物品是一台二手的笔记本电脑，其次是那台电扇。

若干年后的某个瞬间，我才猛然意识到，在我并不精致的人生里，它是一个明确而清晰的坐标：从那时起，我充分体会到了离群索居的益处和糟糕之处。拥有某种程度上的自由，却也必须恪守独居生活的秩序，哪怕这种秩序是你自己构建的。

我无意识地学习自处，面对恐惧和脆弱，习惯孤独，吞咽空虚和寂寞，消化我的失落和挫败感，接受人生中那些没有道理可讲的分离，尽力去理解"你爱一个人，你有权表达爱，但你也要承担这个人对你的爱的拒绝"这件事。

一切的一切，都是从那里书写第一笔，不知不觉竟然已经过去这么多年。

从长沙到北京，住过的地方越来越多，内心始终有种挥之不去的匮乏感，因此囤积的东西也越来越多：看过的没看过的书，舍不得淘汰的衣服和鞋子；同样功能的锅有三个，一样的碗要有两只，出去旅行必买冰箱贴和杯子……流行极简的时代，我实在欠缺一点儿潇洒。

有那么几年特别沉迷于买口红，一支接一支，全是重复的颜色，却一支也不曾用完。

三十一岁的生日，在撒哈拉装了一瓶沙子，千里迢迢背回来。

十年前的旧相机一直留着，玩摄影的朋友早就建议我处理掉，说这种数码产品没有收藏价值，但我觉得它是沉默的战友，曾陪同我走过很长的路。

毛绒公仔多得能开玩具店：樱花版哆啦A梦、有耳朵的哆啦A梦，绿色的小恐龙来自《玩具总动员》，蓝紫色的苏利文是《怪兽电力公司》的主角，灰色猫猫路西法是《仙履奇缘》中辛德瑞拉的后妈养的一只坏心眼猫猫……最特别的是朴薯，一个头比身体大好几倍的狗狗，拥有黑色的长耳朵和粉色的三角形小嘴，它属于一个没有赶上潮玩时代的IP。

那是很多年前，我刚来北京，跟朋友在五道口吃完饭去坐地铁，偶然经过一间店铺，看到它被摆在货架上，无人问津，憨憨的样子竟有几分落寞。我在对未来感到一片迷茫之时遇到它，便顺应缘分把它带回了家。

往后的十多年里我换过很多次住所，别的东西都是用纸箱或是真空袋打包，唯有朴薯被我一路抱着到新居。相处的时间久了，不禁觉得这个大棉花团子有了灵性，不能被忽视，不能被怠慢。

我一直留长发，唯一一次把头发剪短到锁骨处是在二十七岁那年。手术后相当长一段时间，右手手臂酸软无力，抬不起来，于是我去了家附近的理发店。办卡之后的半年，整个理发店连人带店都消失了。

从那以后，我便自己在家剪头发。

有次电脑出了问题，朋友帮我在网上约了一个上门维修的师傅，敲敲打打一个多小时也没修好。朋友在电话里大声说"没修好就不付钱"，那个年轻男生听到后，顿时满脸怒容，我连忙对他说"会付的，该付的上门费用我会付的"。我站在原地一动不动，直到确定怒气在他眼睛里彻底消失。

最后电脑也没修好，还是客客气气把人送出了门。他走后，我在沙发上坐了很久，心里一阵后怕。

疫情第一年，自己开车去采购食物和生活用品，炖汤煮饭。通宵窝在沙发上读茨威格和耶茨，直到读托尔斯泰时，我忽然觉得家里实在太安静了，如果身边有一个毛茸茸的小家伙就好了。

就这样，在独自生活了十几年后，我才养了第一只猫。

植物倒是一直在养，到了春天把强壮的枝干剪下来水培，等它生出气根再挪到盆里上土，有时自己留下，有时送给那些和我一样独居的女朋友。

某次出国旅行回来，换回常用的手机卡，不知道怎么回事，软件通通变成了待下载状态。我一个一个筛选、整理，无意中打开了一个很久没用过的购物软件，神奇地发现它竟然存着我居住过的所有的地址。我顺着那一串地址看下来，仿佛是在数自己的年轮。

不常联络的朋友在节日发来消息："给你寄了东西，还没收到吗？"什么也没收到的我惶恐地问对方："你寄到哪里去了？"原来是很久之前的那个地址。

朋友问我："怎么又换地址了？怎么又搬了？"
这样的事情不止发生过一次。

很多年过去了，二十来岁时说要大家一直在一起，老了一起去住养老院的朋友们几乎都有了家庭，有了孩子。大家陆续归依了主流，无论心里藏着多少隐秘的褶皱，至少表面上有了一个幸福的轮廓，我们很少再在深夜里聊天。

我仍然漫不经心，也不快乐，对人生规划缺乏敬意，在别人眼里，我还是一副不太靠谱的样子。

即使是在更年轻的时候，我也从来没有相信过人和人能永远在一起，即使是在我最爱一个人的时候，我也知道这亲密之中仍有疏离。

虽然在我的人生观里，对有些"活法"是很抵触和抗拒的，但我也很清楚，生活本身没有高低之分，一个人应该如何去生活也没有绝对的标准，我只是顺应着我的本能和天性，选择了让自己感到自然、安宁的那一种。

这不是独居宝典，也没有任何实用的指导和建议，也不企图推崇某种特定的生活模板，它只是一份样本，展示万千种生活形态当中的一种。

在写这篇前言的时候，我再一次回想起多年前的晚上，我在那个房间里玩《美味星球》，电扇吹出来的风是热的。那个游戏只需要不断地移动鼠标，然后你会看到，随着你手腕的移动，屏幕上那个灰色小圆球会吃掉糖果，吃掉老鼠，吃掉家具，吃掉房屋和汽车，吃掉建筑和城市，最后吃掉整个地球。

从某种意义上说，独自生活和这个游戏有点儿相像，你要一步步吞咽懦弱、痛苦、惰性、孤独，以及生活的各种碎片，躲开那些巨大的、足以压垮你的伤害，学会避障，学会自我保护，你的圆不断扩大，再扩大，最后，你就是自己的宇宙。

目录

我与我的日与夜
→
1

总是慢半拍的人生
→
55

她在快乐岛彼岸
→
97

猫猫单元
→
157

我与我的
日与夜

[1]

那是一张黑白人像照,来自我最初拥有的一台松下卡片相机 FX36 的自动定时功能。

我坐在地板上,背靠着通向阳台的木门,手里拿着一瓶饮料。头发刚烫过不久,还卷得很明显,在强烈的明暗对比中,神情里有种茫然的平静。

那时我左手中指上总戴着一枚银戒指,它由两个圈圈组成,很便宜,但我喜欢它的名字,叫"永不分离",我年轻时很容易被这种文字游戏打动。

虽然是黑白照片,但在记忆里,我身上穿的是一套西瓜红色家居服。

那是 2009 年的秋天,在长沙。

在我很喜欢读三毛的年纪,除了阅读她的作品之外,也会在网上查找她的相关资料,印象最深的是一张她在撒哈拉沙漠里拍的照片。

照片上的她披着黑发,穿着裸肩的红裙,叉开腿坐在黄沙之中,托腮微笑看着镜头。那种蓬勃的、潇洒自若的、不扭捏的生命力,几乎影响了我一生的审美,尤其在青春时期。

我希望有一天我也有漫长的旅途,抵达遥远的地方,去见识广袤世界里的一草一木——在我二十二岁的年纪。

然而，现实是梦想的反面：贫穷，矛盾，自卑，租住在一间旧房子里，连自拍的照片都不过是对"文艺"的拙劣想象。

那间房子多次被我写进博客日志里，写进我当时在杂志享有的作者专栏里。它离卷烟厂不远，起风时会飘来淡淡的烟草气味，弥漫在空气里。多年后，我在北京的冬夜里写下这段文字，那股气味好像还萦绕在鼻尖。

它位于长沙的城南，大概建成于2000年年初或者更早些时候。老式的楼梯房，对开两户，没有"小区"的概念，只有一个破落的院子。这个院子既没有门卫也没有门禁，只有两扇虚张声势的大铁门常年敞开着，铁门外走几步就是公交车站。或许是因为涉世未深，当时的我竟丝毫没有考虑到住在这样的地方，会不会不安全。

对于彼时刚毕业的我来说，它的房租足够低廉，而对于从小就没住过什么好房子的我来说，它内部的状况又不至于糟糕到无法忍受。总之，它不是一个年轻女生的理想居所，却是我在那个阶段经过种种权衡之后的一个恰当的选择。

我很快就注意到了一个景象。

沿街的那一排门面，有一两家的卷帘门白天从来不开，晚上也只开一半，屋子里隐约透出暧昧的暗红色灯光。

有一次我白天路过，其中一家竟然破天荒地开了门。几个年轻的女孩在店里打扫卫生，一个看上去比其他人稍微年长一些的，坐在门口的塑料椅子上吸烟，一副无所事事的样子。她见我好奇地看着她，便也目光直直地看向我。

她没有化妆，有种缺乏光照的苍白，文了眉毛和眼线，深色的线条使整张面孔看上去透着凌厉。我招架不住那样的四目相对，落荒而逃。

不知道为什么，这个细节我记了很多年。

对面街上有一家的士餐馆，为出租车司机解决吃饭问题，十多块钱就能点两菜一汤或是三菜一汤，菜每天不重样，米饭不限量，还供应开水泡茶，在相当长的一段时间里，它也是我的食堂。

在南方长大的我，即使后来到了北京，也始终分不清东南西北，因此很难确切地说出那间卧室的朝向。只记得楼层不高，窗外有棵高大的樟树，自然光总被茂密的树叶遮挡。即便是晴朗的白天，要是想看看书，也非得开灯不可。

两室一厅的格局，客厅长期闲置，有房东留下的木沙发和胖墩墩的老式电视机。厕所就是浴室，厨房能做饭，但我很少开火。

搬进来之前，我的行李只有从学校宿舍打包的一些杂志书籍、衣服和被子。最重要的物品是在网上买的一台二手笔记本电脑，内存小得简直让人愤怒，即便只开着 QQ 和 Word 文档，消息一多，还是会卡住。

它是那么落后、过时，却又是我最忠诚可靠的伙伴。我的房租、生活费，都是用它一个字一个字敲出来的，我不能对它发火。

无数次等待它恢复运行的时间里，我会去阳台上静静地抽一支烟。

我一直搞不清楚，我的第一个房东到底是老太太，还是老太太的儿子，签租房合同的时候他们都在，但背地里又各自给我发短信。

老太太跟我讲"房租你打到我的卡里，不要给我儿子"，然而，她儿子也说过意思差不多的话。我倾向于打给老太太。虽然她更凶，也更计较，但我们毕竟是同性，况且她也从来不会像她儿子一样打电话给我，叫我带上室友晚上一起去酒吧玩。

是的，我起初有一个室友，但我们只同租了很短的时间。很多年后我连她的名字都忘了，只记得她个子很高，四肢修长，肤色偏深，笑起来既阳光又腼腆。

她白天要上班，我又习惯了晚上写稿，一天下来我们真正能打照面的机会并不多，偶尔在客厅碰到也只是讲几句客气话，"冰箱里有酸奶，你自己拿"之类的。

我们没有吵过架，没有发生过任何冲突，偶尔还一起抽支烟，但我们也确实算不上朋友。

我的房间通向阳台，那是唯一能晾晒衣服的地方，因此她每次洗完衣服都要敲敲我的卧室门——即便开着门，也会问"方便吗"。虽然她很客气、周到，我自问也算好相处，但这些生活细节到底还是让彼此都感到束手束脚，会有压力，有时也很尴尬。我猜想她搬走大概不仅是因为男友，也和这些事情有关。

她搬出去后，原本就很安静的屋子更安静了，大多数时候只有我的拖鞋声和键盘声。

我花了一点儿时间打扫空出来的那间卧室，比我那间小一些，家具也更旧，我这才理解了为什么她那间房租比我便宜一百块钱。撤去了被褥和床单的单人床，冰凉的弹簧裸露在空气中。我在那张床上躺了一会儿，再轻微的翻身也会发出咯吱咯吱的响声。我仍然觉得这是别人的房间，充满了陌生的气息。

我没有再找室友。

彼时，我还没有读过伍尔夫的名篇《一间只属于自己的房间》，但似乎是出于女性写作者的一种直觉，我用多付一点儿房租的代价，为个人空间筑起一道屏障。从那时起我就知道，如果想要不影响别人，也不被别人干扰地去完成某件事，必须在长时间里，独自一人。

这一年夏天，我开始写我的第一部长篇小说——《深海里的星星》。

[2]

近些年来，在我看来年纪还小的妹妹们陆续进入不同的工作环境，心不甘情不愿地适应着从学生到职场人的角色转换，她们自称"打工人"。

这不是我第一次听到"打工"这个词语，但上一次听到还是在久远的中学时期，它曾经高频地出现在我妈妈的日常词汇里，带着一点儿恐吓的意味。随着时间的流逝，语境的变化，现在听起来有了一种淡淡的自嘲的幽默感。

分布在天南地北，来自不同职业、不同岗位的女孩们，在微信对话框里跟我倾诉着、吐槽着相似的烦恼：盛气凌人的客户，跋扈的上司，对种种不公视而不见的老板，不知道是没有责任心还是单纯愚蠢的同事，加班、团建、年会、内卷……这无望的人生。

有时她们会问：你理解不了吧，姐姐？你一天班都没有上过。

其实我能理解，只是我也没有破解的方法。

我想，我大概在很早之前就预判了自己应付不了三个人以上的人际关系，才会一直蜷缩在以写作为名的茧里。

新朋友不知道，老朋友不记得，我自己又懒得提起：其实在二十二岁那年，我有过一段短暂的坐班经历。

或许那是我人生中唯一的一次机会，对自己的职业道路主动做出选择。

那是属于纸媒的黄金时代——如果不是，至少也是属于青春文学的黄金时代。像我一样从那个时代走过来的作者，好像都被打上了或深或浅的烙印，即便后来文风改变，写作的主题改变，努力转型，却也还是无法彻底将这个标签摘干净。

在文娱的形式和媒介远不如现在丰富多元的年代，各种类型、各种题材的杂志在最大程度上填补了独属于青春期的想象和空白。我是在很多年后才明白其中的珍贵：虽然我们每个人在少女时代做的梦不一样，但做梦这件事本身，它是公平的。

我从十五六岁起便不停地给许多杂志投稿，那些幼稚的、孤芳自赏式的文字大多石沉大海，但少年心性的底色是百折不挠，我一次也没质疑过自己。便是在这样的偏执中，事情一点点发生了变化。

到我真正开始独立生活的这一年，租住的房子离我长期供稿的公司只有半小时车程。

彼时，纸质阅读看似还处于野蛮生长的阶段，在那片广阔的土壤里，我们每个人都傻傻地以为这会是天长地久的营生。

公司计划做一本新刊，总编在QQ上问我：你愿不愿意来做编辑？还有一个当时看来更诱人的附加福利：创刊号的封面，将由我出镜。

我从小没有明星梦，长大后也很清楚自己的外形条件不算优越。但一本从无到有的新刊物，我主编，我审稿，我写卷首语，第一期还让我登封面，无论如何这都是巨大的荣誉，是年轻的虚荣心无法拒绝的诱惑。

况且，即将共事的同事，都是我原本就很熟悉的编辑，我欣然前往。

我办了一张公交卡，在那年仲夏开始了我的第一份，也是唯一的一份朝九晚五的工作。

事实上，我很快就意识到自己并不适合这个角色。

写文字的人，尤其在创作的初期，总有种莫名其妙的、狭隘的清高，我不具备那些编辑同事的眼光和耐心，或者说我的心态没有跟身份同步转变：我是以作者的角度在看稿子，以读者的审美趣味在海量的投稿里找亮眼的佳作。

在筹备期，我手里通过的稿子寥寥无几，为了防止开天窗，我自己写了两三篇作为备用。公司的前辈旁敲侧击地提醒我：舟舟，这不是专门为你开的新刊。

我明白那是什么意思，也知道自己的工作方法有误，造成了某种滥用职权的表象，可我不知道该如何改变。

善意的人会告诉你"这样不对"，但谁也没有义务手把手教你怎样才是对的。

拍摄也不太顺利。

预算有限,只能出人情牌。托朋友们到处打听,有个还在念高中的小妹妹向我推荐了他们学校的"校草",说是已经被戏剧学院录取了。我们费了一些劲才让"校草"的家长明白这是一次正常的、健康的拍摄。在我们保证绝对不拿他的照片另做商用之后,对方才终于同意了。

另一个男生是一个朋友的男朋友。原生家庭很不幸,父母都早早去世,由奶奶带大。长得很俊秀,但很小就没念书了,有时候会问我"这个字怎么读"。因为在长辈眼里反传统的恋爱关系,他们搬出来同居,轮流打一些零工,那阵子过得很窘迫,非常需要钱。

人还不够,大家又拉了其他朋友来凑数。出外景的那天,我连名字都叫不全。

闹哄哄的拍摄过程我都忘了——在拍摄结束的当天我就忘了,但关于人的细节,我总记得很清楚。

很多年后我开签售会,有老读者特意把那本杂志带过来给我看。封面那张照片像是定格了一个窘迫而陌生的瞬间:两个男生一左一右面朝着相反的方向,中间那个穿着碎花裙子,脸被 P 得很尖,捧着一束假花,整个人看上去无比僵硬的女生是谁?

我无法相信那是我。

第一期杂志就这样磕磕绊绊面世了，反响平平。市场上同质化的读物太多了，早已趋近饱和，它又没什么独树一帜的亮点。如今回想起来，那时移动互联网已见雏形，它的连锁反应将导致许多行业在这轮洗牌中式微或是完全被淘汰，一个全新的世界正待拉开大幕。对于传统的纸媒从业人员来说，开疆拓土尝试做新东西，其冒险精神和勇气固然可敬，但失败也是注定的。

本质上，那是一次堂吉诃德式的挑战。

然而，蒙昧的我站在那个时间节点上，既不能预知未来，也没有足够的远见和智慧参破这并非个人能力能够左右的结果，由此产生了强烈的挫败感。

我将它的失利归咎于我，将它的黯淡等同于我的黯淡。

试用期结束前，总编将我叫去私下谈话，问我的意愿：想转正继续做编辑，还是回去当作者？

她是很聪明的人，话也说得漂亮、得体："不管你怎么选，都是我欣赏的舟舟。"

我坐在她的对面，内心掀起了一番天人交战。

转正意味着某种安稳和保障，不管写不写稿子，至少每个月有基础的薪资收入，公司还提供午餐，日常双休，到了夏天还有十多天的暑假……益处是很明显的，而坏处呢？坏处更明显：我在这个环境里始终不得要领，每天都活在一种无法言说，却实实在在的痛苦中。

我不仅工作能力一般，为人处世也欠缺练达圆融。

我经常大笑——声音大到总编都会从自己的办公室探出头来问:"刚刚是谁在笑?"我不记得把手机关静音,引得旁边的同事发脾气,冲我翻白眼:"独木舟,你那个手机吵死了。"我在上班时间写稿子,等于领着公司的钱,干着私人的活儿。我还很不会看眼色,去吃午饭的路上看到别人手挽着手窃窃私语,我会凑过去问:"哎,你们在说谁呀?"

我不像是来上班的,倒像是来交朋友的。

而别人不喜欢我,我也是知道的。

但我回去写小说,真的能养活自己吗?什么自我价值,什么文学追求,那都是后面才考虑的事,我首先要解决的是生存的问题。

人不可能同时谋求安稳和自由。

我记得,在那间办公室里,一段令人窒息的沉默过后,她笑了一下对我说:"你不是那种能压抑自己个性的人,对吧?职场其实不太鼓励人做自己,但对于写作的人来说,个性很宝贵。"

我点点头,听懂了弦外之音,同时也感到如释重负。两个"自我"的战争,到那一刻有了分明的结果。

三个月的坐班生活于我而言,像是爱丽丝梦游仙境,在我读的那个版本里,有一组句子我印象极为深刻:本来都是梦里游,梦里开心梦里愁,梦里岁月梦里流。

梦游结束了，我将工位收拾干净，从兔子洞里爬出来。我想不仅是我自己，跟我共事的其他人应该也都松了口气。而我当时的编辑，她更是松了口气——我终于没有任何理由拖稿了。

两个月后，《深海里的星星》出版。

为了给环衬签名，我平生第一次去了位于长沙郊区的印刷厂，幸运地了解了一本书完整的诞生过程。连续好几天，我跟印厂的女工们一起吃食堂，她们之前没见过作者来厂里，都感到新奇。下班后我们一起乘班车回市区，恍惚间我觉得，比起当编辑时，这种亲切的相处模式更像同事。

在二十二岁那年，我做了职场的逃兵，而我真正的职业生涯，才刚刚开始。

[3]

晚上修订旧稿件。

其中一篇语焉不详,像是加密了一般的行文:我们通了近五小时的电话,好几次觉得话已经说尽了,却还是不愿意挂断。在那些停顿的间隙,我清晰地听到你的呼吸和外面汽车的鸣笛声。

我难以置信,来回看这一小段,心头浮起疑惑:电话那头是谁?

我曾经跟谁有那么多的话要讲,有那样温柔悱恻的不舍和毫不克制的依恋?我在上下文中寻找蛛丝马迹,试图在纷杂的思绪里抓住一条线索。

回头皆幻景,对面是何人?

凌乱的工作桌,堆满了书、手写的稿子、护手霜和喷雾、水杯和烟。香熏蜡烛在一角静静燃烧着。烛光摇曳,房间里弥漫着鼠尾草混合柏树的精油香味,这是很"冬天"的味道。

我心头闪过一片雪亮,答案呼之欲出。

虽然人的际遇充满了不可预测,记忆也总有偏差篡改,但至少我们在面对自己的时候可以诚实一点儿,坦然一点儿。我很清楚,结识的人再多,往事再冗杂,总有几张面孔是特别鲜明的,总有一些情感关系区别于我们和其他人。

那年的那通电话，那头是谁，我已经知道了。

那年冬天，因为第一本书的稿费，我的经济状况稍微得到了一些改善，但长久持续的不安感让我不敢乱花钱。因为喜欢拍照，便买了一台入门级的单反相机，之后我便将剩下的钱存了一个定期，连笔记本电脑都没有换新的。

我依然住在那间老房子里，马不停蹄地写着下一本书。

空出来的那间卧室，偶尔这个朋友周末来睡两晚，那个朋友假期里借住一周，但大部分时间里它只发挥着储存功能。

长沙的房价稳定在某个区间，给人一种只要你踏踏实实工作，不大手大脚消费，积攒几年，就能买得起一套的希望。我自童年起始终摆脱不了寄人篱下、仰人鼻息的处境，人生行至此时，忽然感觉豁然开朗，仿佛看见了另一种可能性。

距离上一段恋爱已经过去很久了。

我长时间宅在家里，不修边幅，昼夜颠倒，看书，写东西，感情封闭，并不觉得寂寞。有时候被我那美丽的闺密叫出去吃吃饭，看场电影，或者在某个小酒馆里喝一杯，听她讲讲又跟男朋友吵架了之类的事。

她当时的男朋友，和她一样性格火暴。他总能在我们要回家的时候出现，两个人在马路上推推搡搡，互相骂很难听的话，想到什么说什么，吵得凶的时候她甚至会当场哭起来。但无论是为什么吵，怎么吵，最后他们都会神奇地和好。无数次，我近距离地观看这样的戏码，以为像这样天雷勾地火才是恋爱的标准模板。

而我的生活圈子很小，很少认识新的朋友，主观上也没有想跟另一个人吵完架又拥抱的渴望。

在一个风平浪静的晚上，他给我发消息，问我是不是在写东西，有没有空，要带我去一家咖啡馆。

鬼使神差地，我顿了顿，说好。

那不是我们第一次见面，可先前几次都在人多的场合，没有单独说话的机会，我们只有过短暂的眼神交流。

那年他还非常年轻，给我的印象是"锋利"，如同刚出鞘的利刃。他谈论起自己想做的事情时，简短凝练，目标感明确，有种碰过壁却还是梗着脖子的劲头。讲话的时候会看着我的眼睛，不躲闪，不回避。

他不吸烟，但也不阻止我吸。

我问他："为什么叫我来这里？"

他说："这家咖啡馆的名字跟你很像啊，也是一条小船，我那天路过，就想起你了。"

那晚我们究竟聊了些什么已不可追，只觉得天地都很安静。他说起的一些地方，我没有去过；他提起的一些书，我还没来得及读。我很少说话，脸上始终保持着一种羞怯的微笑，那的确源自深植于内心的自卑感。

人生的故事不像小说有明确的第一段，但一切的纠葛的确是从那张四四方方的木头桌子开始的。

我们一直到快打烊时才起身，喝了很多咖啡，两个人在深夜里喝得精神抖擞。

结账的时候，店员说："今天是我们最后一天营业，租期到了，新的店址还没有找好，你们二位是本店最后的客人。"

我记忆犹新，确实有那么一点儿宿命的味道。

一个人与另一个人的关系在本质上是两座被海水隔绝的孤岛，或许因缘际会，在某一个时刻，灯塔射出的光线会在漆黑的海面上产生片刻交会，这原本只是冰冷的概率，我却做了额外的、浪漫的解读：我是真的相信了，世上确实有灵魂伴侣这回事。

明知道他不读我写的东西，但我还是固执地送给他我的第一本书。在扉页上，我负气般地用黑笔写威胁的句子：将来你要和我结婚。

那时候我不懂得，为什么一个人真诚、坚定的爱，却换来另一个人的退却，这根本没有逻辑。

我不止一次直接说出来，希望能一直和他在一起。在我看来，这并不是什么遥不可及的愿望，他只是很普通的一个人，我也是。而我每一次这样说的时候，他都只是笑一笑，一副对我无可奈何的样子。

实际上，在我们相处的所有时间里，我从未在这个人身上看到过这段感情有任何的希望,我一次次表白,一遍遍强调,恰恰是因为某种无声的绝望。

这一切,都发生在那间老旧的屋子里。

人在年轻的时候为什么会有那么饱满充沛的情感,那样激烈的、仿佛会冲破胸膛的爱与憎恨?为什么失望总和脆弱的自尊心紧密相连?

为什么他抗拒的只是那份过于沉重的爱,而在我的理解中,他否决的是我整个人?

爱的质地如此复杂,绝非虚构,它造成的痛苦在相当长一段时间里令我困惑。这些问题,其中一些我要等到许久以后才能明白,而另一些我已经不想明白。

往后的许多年里,如我们各自所愿,孤岛回归了孤岛。

有些感情就像人生的礁石,顽强又坚硬,可你会慢慢学得聪明一点儿,绕开它。

从闭上眼睛全是他,到渐渐地,连他的样子都快想不起来。我曾经以为会是永远的,不会消失的爱,当然也并不存在。所以当我看到自己曾经写下的记录,竟然感到非常不可思议。

但有一点我是对的:他只是这世间一个最普通的人,我也是。

我换过很多住所,也爱过别的人,际遇起起落落,但仍然保留着晚上写东西的习惯,像一个缄默的守夜人。有时他会在失眠的夜里给我发消息,好像我是他并不得意的人生中,唯一恒久有回声的存在。他讲话依然简短凝练,但时时透露出疲惫和倦怠,不复意气。

"你还在写作吗?"

"是啊,不然呢。"

我们再也没谈论过爱和与它相关的一切。时代过去了,连"爱"这个字本身都折射出某种不合时宜的荒诞。

有一年春天,我在东京看樱花,那条名为目黑川的小小河流两旁挤满了人,摩肩接踵,喧哗吵闹,连转身的余地都没有。我默默地离开,晚上又去了一趟,所见是与白天截然相反的目黑川:宁静,风雅,仿佛连时间都慢下来。

我在樱花树下,肩上落了些许零散的白色花瓣,心中充满了遗憾之情。久违地,我给他发了一条消息。

我说:我好像又老了一点儿。我们分开的时间已经比在一起的时间多得多了,每当想到有一段人生好像被什么偷走了,我的心就会再碎一次。

疫情第一年的冬天,我在北京的家里,不修边幅,没有社交,昼夜颠倒,看书,在草稿纸上写一些似是而非的文字,那场景像极了过去。

半夜饿了,用烤箱烤红薯,站在厨房里等。我戴着耳机,一边喝酒,一边循环反复地听关淑怡的《三千年前》,

听李香琴大段的粤语念白：

> 我记得 你同我去过的每一个地方
> 那些地方 通通留在我心里面
> 我不会讲 我老了
> 我只会讲 我在这太久
> 时间久了
> 难免知道人总会慢慢地将过去淡忘
> 又会看着些东西
> 无声无息地消失
> ……
> 不过 就算我怎样装出若无其事
> 我都没办法不承认
> 我失去的东西实在太多了

我不知道自己为何而哭，充满了以卵击石的无力感。在剧烈的战栗中，我尝到了二十三岁的眼泪的咸。我在纸上写道：没有在原地等待过的人，不会知道双腿无法弯曲的感觉。

少年时，读一些文字，似懂非懂，却很喜欢在日志里引用"那些曾经令你跌倒的事，如果再遇到，还是会跌倒"，或者是"恋慕与忘却，便是人生"。我想，类似的事情在我的人生中重复上演，确实不足为奇。

即便已经到了故事最后的段落,看到了结局,但如果时间倒回那个冬天的夜晚,我大概还是会穿上外套去赴约。在那家咖啡馆最后的营业日,羞怯地坐在他的对面,再听一遍那句话。

"这家咖啡馆的名字和你很像啊,也是一条小船。"

[4]

在出版了第三本书后,我终于下定决心搬家,换一个新的居住环境。

退租时,我的行李和入住的时候相差无几,只是多了一些书,几件厚重的冬装,一台黑色的落地扇。不需要找搬家工人,只要找辆小面包车就行。

新找的房子离闺密家很近,走路过去也就十多分钟。她很干脆地跟我讲,不用找车子了,××不是有车嘛,用一下又不会死。

她是我所认识的人当中语言最生动犀利的,从不讲究迂回委婉,总是直抒胸臆。十多年后,她说话的风格依然如此。

当时,她已经和那个经常与她吵架的前男友分手许久,正在交往看上去跟她更般配、相处也更融洽的男朋友××,处于热恋期。××长得干净斯文,看上去很会念书的样子(其实并不是),个子高,家境和家教都很好。虽然大多时候给人感觉脑袋空空,言谈无趣,但总体来说是一个让人不太挑得出毛病的男生。

我们三个人经常一起吃夜宵,看电影,喝杯小酒,偶尔也一起爬爬山,短途旅行。最亲密的时候,××走在中间,我和闺密一人挽住他一只手臂。他们都是很好的人,知道我那时受了严重的情伤,担心我孤单难过,出去玩总叫我一起,从未让我感觉到自己是多余的。

事实上,我当然是多余的。

新房子是一间单身公寓,内部外部的状况都比上一个住处要好得多。虽然还是临街,但底商都是面包店、烟酒专门店和小超市之类正正经经的商铺。有电梯,有正规的物业管理,楼道尽头是垃圾房,每天都有保洁阿姨过来收拾清洁。

屋内面积不大,却也窗明几亮,五脏俱全:简易的布沙发、玻璃茶几、一米五的床、结实的书柜和宽敞的衣柜、宽大的飘窗、干湿分离的小浴室,还有足够一个人做饭的小厨房……是我在那个阶段非常满意的居所。

我毫不掩饰对那间小公寓的喜欢,甚至没怎么讲价就签订了租房合同。

房东大哥见我喜形于色的样子也很高兴,开玩笑说,这么喜欢就买下来。

银行卡里的数额已经是我刚毕业时想都不敢想的数字,但距离"买下来"还差得很远。

旧笔记本电脑艰难地支撑我完成三本书稿之后终于退役了。其实台式电脑性能会更稳定,大显示屏对眼睛也更友好,但我还是买了便携的笔记本,或许是因为在潜意识里,我总认为自己随时要起身离开。

闺密的妈妈做饭很好吃，人又爽朗热情。那阵子我总是写东西写到早上才睡，下午起床，简单洗漱之后去她家蹭饭，有时顺路买点儿水果和零食带去。

吃完晚饭，我和闺密像所有的湖南人一样，穿着难看的胖睡衣和棉拖鞋出去散步。在路上碰到流浪猫，她会蹲下去逗一逗，或是买根火腿肠给小猫吃。而我总在一旁站着，冷眼看着，觉得那一切和我没有关系。

直到很多年后，我开始养猫，心里的某个沉睡模式才被激活，才懂得了将心比心，才真正知道了什么是"你做了那一点，就做了全部"。回想起这些小事，我发觉曾经的自己是那样冷漠，那样没有同情心，错过了很多能够帮助小动物的机会，因此我才会为其他小猫尽量付出，当作弥补。

我们往往意识不到，这世间许多的事其实都有漫长的伏笔。

有时她懒得回家，就在我的小公寓过夜。浴室里有她的牙刷，其他的东西都直接用我的。

外面下起大雪，我们躺在床上聊天聊到半夜。我问她："你爱现在这个人吗？"

她说："是喜欢的，我觉得他很适合结婚。"

她知道我那段感情的来龙去脉，也了解我终日郁郁寡欢的原因。要说爱情，我们都有过，尽管版本不一样。而她生性洒脱，并不纠结于离开的人和夭折的爱，远比我务实。

不知道那时从哪里涌起一股风潮，大家在谈论情感关系时很流行"驾驭"这个说法，我也很自然地认为，在这一段恋爱关系里，她是完全占据主导的那一方，她能"驾驭"他。

后来的事实证明，他的那些斯文、体贴，所谓的绅士风度都是伪装，内里不过是个下作的骗子。他只是在扮演一个符合主流择偶观的形象，一个"完美的自己"，而她没有看穿，我也没有。

她在电话那头一时哽咽，一时又气得飙出一串粗口，讲他怎么撒谎，怎么劈腿，讲他谎话被戳破后是怎样的厚颜无耻，破罐子破摔。我在这头惊讶，震撼，愤慨，难以置信，长时间陷入失语。

我虽然自始至终只是一个旁观者、局外人，但我也真心实意、爱屋及乌地把他当作好朋友，面对那样不堪的狼藉和破碎，我跟闺密同仇敌忾，一起伤心。

那是我第一次隐约认识到，并不是只有你爱的人，才有能力伤害你。

这一年我才第一次坐飞机。公司安排了宣传访谈，我要飞一趟北京。

从小到大，除了春节跟妈妈回外婆家，我哪里也没去过。只坐过火车的我，提前两小时到了机场，可是到了也完全不知道该干什么。

一起出差的同事姐姐一点点教我,在显示屏上找到自己乘坐的航班号和对应的值机柜台,领着我去值机,叮嘱我身份证和登机牌都要拿好,千万别弄丢。我懵懵懂懂地跟在她身后,亦步亦趋过了安检,到了登机口。

她说:"你看,其实很简单吧。"

我心里却想,我还不知道怎么买机票呢。

我坐在靠窗的位子,起飞之前,我牢牢地看着舷窗外,那种心情很微妙,充满了新奇、亢奋,同时又觉得自己真是一个土包子。到了滑行的时候,心跳声简直盖过了引擎声。

眼看着地面越来越远,房屋越来越小,河流和道路像是微型景观,我端着相机抵在窗上疯狂摁快门,拍了一堆乱七八糟的照片。

邻座的女孩与我年纪相仿,神情却淡定得多。不记得是谁先主动和对方说话,我们迅速熟络起来。我从交谈中得知,她是放假回湖南看爷爷奶奶,自己家在北京,过段时间就回加拿大继续上学了。

加拿大,好远的地方啊……我心中暗暗地想。

事实上也的确很远,远到十多年后,在加拿大留学的朋友们都已经回来工作,我还没有去过。

听说我会在北京待几天,她便留了手机号码给我,让我忙完工作联系她,她带我到处转转。

她说:"我住魏公村那边。"

我只是茫然地看着她,不知道那是个什么村子。

"海淀黄庄呢?也不知道吗?没关系没关系,反正那边也没什么好玩的,咱们去南锣、后海,还有798。"

当时长沙还没有地铁,所以在我的生活经验里,这一课是空白的。

到了北京,我被五颜六色、星罗棋布的地铁线路图搞得不知所措,不知道视线该落在哪个点上。她给我买地铁票,叫我不要客气,才两块钱——那个远去的两元时代。教我怎么看路线,怎么换乘,到达目的地后应该从哪个出口出去。

我至今仍记得,她讲话的时候总是笑着,语速缓慢,怕我没听明白的事情会再给我讲一遍。我在她身上感受到一些日常朋友圈里没有的东西,到底是什么呢,却也说不上来。

从容,自信,稳重,还有一点儿恬淡,大概是这样。

我在回长沙的前一天请她吃饭,作为答谢。

临别时,她无心地说:"我觉得北京很适合你呀。"

我当她是开玩笑,讲几句客套话,并没有认真听进去,只是说:"我下次来还找你玩。"

回长沙的时候,我在机场的特产店里买了两只烤鸭,打算作为伴手礼带回去给闺密家一只,自己留一只。同行的同事姐姐觉得很好笑,她说,带回去就不好吃啦。

彼时,淘宝正大势崛起,网购已经比较方便了,但在第一次真正意义上出远门的我看来,亲手从当地带回去的东西是不一样的，那是一种属于旧时代和小地方的人内心最朴素的情意。

闺密的妈妈收到烤鸭果然很开心，但我们都不会片，也不习惯用饼皮包着鸭肉、黄瓜条、大葱蘸甜酱的吃法。于是她把鸭肉都剔下来，用大蒜辣椒爆炒，鸭骨头砍成小块，炖了一锅汤，煮了些蔬菜进去，成了非常本土风味的两道菜。

那位带我逛南锣鼓巷和798的女生，我们就见过那么一次。

起初的几年，我们偶尔会在QQ上聊聊天，但因为时差的缘故，聊得也不多，慢慢地就成了对方好友列表里一个静止的头像。移动互联网时代到来后，线上社交的重心从QQ转到了微信，很多人在这次大迁徙中失去了联系，从此再无音讯。

她无从得知，后来我真的生活在北京，798离我只有六千米，我和姐姐去过，和一起工作的妹妹去过，和交往过的男朋友也去过。每当有外地的朋友来北京玩，我也会陪她们去南锣，去后海，穿过一条又一条狭窄的胡同，给她们买糖葫芦，请她们吃烤鸭。

这些地名对我来说都不再陌生，我不再从游客的视角看待它们，也清楚地知道在什么时段去什么地方，最好选择什么样的交通方式。但我第一次乘坐的那架飞机在首都机场降落的时候，北京在我的脑海里只有一个模糊的轮廓，只是一个地理名词,是这个萍水相逢的女孩,带我具体地认识了它。

在一个新的地方,遇到一个新的朋友,可以去相信,可以去缔结某种轻盈的关系,人生需要这样的时刻。

不喜社交的我,不过是笨拙地效仿她,将我接收过的温柔和善意回馈给其他人。而她本人,在我沉甸甸的记忆库里,只留下一点清浅的、悠远的影子。

[5]

居住在单身公寓的时候，发生过一件我当时看来微不足道，若干年后想起却感觉意义深远的小事。

我大部分的时间都在家，因此很清楚左右两侧的居住情况。

右边那间住的是一对年轻情侣，貌似都是普通的上班族，早出晚归，和我的作息刚好相反，彼此基本上碰不到面。左边那间长期空着，既不自住，也不出租。

春末夏初，我无所事事，百无聊赖，晚上用电脑看《每当变幻时》。

这是一部千禧年后的电影，充满了港式特有的幽默和市井气。年轻的杨千嬅在里面演卖鱼妹阿妙，同样年轻的陈奕迅演一个刚开始跟阿妙针锋相对，后来却爱上她的鱼佬。

阿妙总去名品店看钱包，试了这个试那个，就是不买，鱼佬忍不住问她到底想要什么样子的。

"我想要一个像 Prada 的 Gucci。"

鱼佬骂她神经病，哪有这种东西。

我照例睡到中午起来，洗漱完，打算煮点儿东西吃。为了不让油烟味闷在家里，我便打开了门。

出人意料，左边的房间也开着门，门内一个女性正在扫地。

听到动静，她转过身来打招呼："你好，你好。"

她看上去也很年轻，不会超过三十岁，戴眼镜，中等身材，头发很利落地绑在脑后。

不知道我们为什么会聊起来，她从租客的角度问了我一些问题：月租多少？居住体验怎么样？平时休息觉不觉得外面很吵？一个人住害不害怕？

我以为她要租我左边这间，这样彼此以后就是邻居了，于是便一一回答，说我觉得条件不错的呀，小是小点儿，但一个人住也蛮好。

"是呀，以前我自己住的时候，也觉得方方面面都蛮好……"她感叹着，脸上露出可惜的神情说，"现在要卖，还真是舍不得。"

我没想到她是房主，更想不到她是来卖房子的。我凝视着她那张并不比我大几岁的面孔，一时涌起自惭形秽的情绪。我羡慕地又确认了一遍："这是你的房子呀？"

"对，买了五六年了……我在上海工作，平时很忙，以后更难回来了。这次是特地回来处理这套房子的……以前我也是一个人住在这里，很自由，住得蛮开心的。"

她没有透露任何个人隐私和关键信息，但我觉得，我是明白的。

她是来跟自己的历史道别。

那时候女性主义尚未形成一股思潮。我大多数的女朋友还都默认"置业是男人的事",女孩呢,如果家里的经济条件好,父母自然会在她婚前将一切安排妥当;如果经济条件不好,那也是人各有命。

我显然属于后者,所以从获得第一本书的稿费开始,我就在为买房子存钱。这份执念的根源,并不是我有多么先锋的、超前的理念,恰恰相反,是因为我心灵深处总有种不成气候的自怜。对于流离失所的童年,我始终耿耿于怀。

我渴望能真正拥有一间属于自己的房子,有自己的书柜和阳台,有干净的冰箱和全新的洗衣机,墙壁刷成我喜欢的颜色,在能晒到太阳的窗台上,养几盆小小的植物。

我渴望在这个房间里看书,写小说,看喜欢的电影或动画片,时不时做顿饭招待朋友们。

那是非常真切而深刻的想象,我认为只有在这个想象成为现实的那一刻,我心里那个弱小、单薄的自己,才能真正从少年时期的阴影中走出来。

无论动机名为理想还是欲念,总之,我就是这样一点一点认识并塑造着"我",一个女性的"我"。

我当时脱口而出:"你好厉害啊!这么年轻就自己买房

子了。"

她像是没有料到我会有这样夸张的反应，竟然很不好意思地笑了起来，笑完问我："你哪一年的呀？"

"才二十三呀，这么年轻急什么呢，将来你一定也会有自己的房子的。"

也许那只是一句场面话，但对于彼时年轻的我来说，是莫大的鼓励和美妙的祝福。

几年之后，她那句客气的祝福实现了，我真的拥有了一间"属于自己的房间"，书柜也好，冰箱也好，所有曾在构想中出现的元素，都一一呈现。

但我也像她一样，并没有安安心心地栖息在那个房间里，而是只身去往了一个更远的地方。

[6]

我在长沙最后一段完整且长的居住，在望月湖。

望月湖，听上去很美，写意，有山有水有月色，仿佛一首老式的抒情金曲。实际上它充满了烟火味和市井气，是个非常生活化的社区。

我从未见过它名字里的那个湖，疑心它并不存在，或许很多年前确实是有的，但我并没有寻根究底。

单身公寓是闺密帮我办的退租，她妈妈一起过去帮忙收拾，把所有的东西打包拉回她家，放在次卧的杂物间里。

做出退租这个决定的时候，我在清迈，已经在旅舍里混了大半个月。当时那间旅舍里住了很多和我一样无所事事的朋友。大家来自不同的城市，空闲的原因各不相同，但我们那种漫不经心的状态却很相似。呼吸着东南亚潮湿的空气，每个人似乎都暂时忘掉了忧虑。

他们之中有些是教汉语的志愿者，有些刚辞职，还没想好接下来干什么，有些是想过来做民宿生意，先考察考察情况。

也有很多其他国家和地区的游客，他们通常都是短住。有时我们在大厅遇到，彼此开开玩笑，谈论到一些敏感的事情,各有表达,但谁也不会真的生气。

物价很便宜,我和两个女生每天上午起床,洗漱后一起去市场吃饭,点不同口味的咖喱和青木瓜沙拉,喝鲜榨果汁或冰咖啡。下午就躺在木阁楼上看书,聊天,等着洗衣房的阿姨把清香干净的衣服送过来。到了晚上,大家一起去逛夜市,人民币二三十块钱的花裤子,我买了五六条轮着穿。

从闲聊中,我第一次听到"gap year"这个说法,立刻被那种奢侈所震惊——真正的奢侈,是将时间用如泥沙。

尽管一直从事自由职业,表面上没有任何条款或规则约束我的生活,但不得不承认,只有那一年才真正算得上是我的 gap year。

我带了笔记本在阁楼上写东西,闺密在 QQ 上问我:"你的房子快到期了,要不要续租?"

想了两天之后,我拜托她帮我退租并搬家,房子里的东西随便收拾一下。如果有她能用上的就拿去用,其他东西打个包,先寄存在她家。

我给她打 QQ 视频说:"旅馆里有几个朋友想去印度转转,问我要不要一起去。"

她很惊恐地问:"那还回得来吗?"

退完租,她又给我发消息说:"房东问你怎么没来,我跟他讲你去印度了,他以为你去印度留学,笑死我了。"

我却笑不出来。

回想起刚租下那间小公寓时,我是如何欢欣雀跃,对未来充满了美好的期许。在它的庇护下,我度过了安稳、富足、喜忧参半的两年。无论是深夜跟朋友喝完酒,还是结束一段旅程或者感情,哪怕身体再疲惫,一颗心再破碎,只要回到那三十多平方米的房间里,我就能静静地自愈,恢复,重新振作。

入住时我是那样郑重,离开得却如此草率、仓促,我甚至没有当面和它道别。

其实在那段时间里,我的脑子非常混乱,没处理妥当的事情并不止这一件。

我当时的编辑带着为公司开辟新版图的任务去了北京,她见我整日不知道干什么,稿子也不知道写什么,生活颓废,心灵空虚,便好心地问我,要不要到北京跟她住一阵子,换换环境,要是对下本书有什么新的想法也可以直接和她讨论。

我没有客气就去了。

她租住在北四环的一个小区,地铁 5 号线上的一站。十九楼,三居室,空出来的那间暂时可以安顿我。她和室友白天都去上班,我一个人在家,深居简出,总坐在飘窗上眺望着外面鳞次栉比的楼群、水泥灰色的北京。很明显,虽然换了一个环境,我却感觉更孤单。

一个周五,她给我打电话说:"晚上一起去五道口吃饭吧。"

她给了我一个川菜餐厅的名字,叫我大概几点坐地铁过去,末了还有点儿担心,又追着我问:"你能找到吗?要不我下班先回去接上你?"

我连连说:"不用不用,我们就在餐厅碰头,我肯定没问题的。"

不管怎么说,我都给别人添了很多麻烦。她们一定因为我的打扰而受到了很多的影响,有很多的不便。但她们只是忍耐着,丝毫不表露出来。

吃饭的时候,她又问起:"下本书写什么还没有头绪吗?不如写写游记呢?你看啊,你已经写了三个长篇,又出了一个短篇集子,尝试一下新题材吧?"

那时我已经去过了西藏,在西南和西北都转了一大圈,也在沿海城市小住过一段日子。有些路程有同伴,更多的时候我孤身一人。的确积攒了一些见闻和感受,遇到了不少善良的朋友和动人的故事。但我总觉得,素材还是单薄,不足以支撑起一本书的分量。

我很不自信地说:"可是,我去的地方不够多呀,拿不出手。"

"那就再多去几个地方。"

她用轻描淡写的语气,给出了最简单干脆的解决办法。

我们是同龄的朋友,她个子小小的,讲起话来轻声细语，但性格里却有着超出她当时年纪的果决和坚毅。但凡她认真的事情，绝不会被别人轻易敷衍过去。有一阵子我很怕她，因为她给我的压迫感实在太强，是那种会在除夕夜里给我发短信催稿的狠人。

然而，她无心的一句话，一个建议，对于彼时被感情问题搞得奄奄一息的我来说，倒像是救命的良方。

她的态度始终很明确：不要忘记你是写作的人。在你生命中发生的任何事都不会浪费，无论好的、坏的，都有意义。

我们吃完饭出来，在另一层楼逛了一会儿，路过一家卖玩偶的店铺，我的注意力被陈列柜上的朴薯吸引。它的脑袋很大，差不多是身体的十倍，黑色的耳朵垂在大脑袋的两边，样子傻乎乎的，又有点儿憨厚。

我让店员抱下来给我看看，这一抱，更对比出它的头有多大。

算了算了，还是别买了，我立刻表现出退缩，让店员赶紧放回去。原本我就是借居在别人家，再添一个这么大的娃娃，也太不客气了。

可当我再抬头看一眼朴薯，它静止的面容仿佛蒙上了一层失望的神情。我当然知道，那是我的情感投射，但谁又能保证，那不是真的？

她们俩一起劝我："这么喜欢就买了吧。"

可是，我就要走了呀，我已经接受了那个建议，下定决心要去更多的地方了。

"没关系的,就把它留在我们这里,等你回来了再来接它。"

在拥有朴薯的第一年,我把它寄放在朋友家里,转身去了清迈,而后又去了印度。时间越来越长,一程比一程辛苦,我心里的那片潮湿不但没有因为路途遥远而蒸发消失,反倒因为走在某个人也曾走过的那些地方,在一种诡异的时空交汇中,孤寂和痛苦都被放大了,强化了。

很奇怪,有些事情,离得越远,反而越清晰。

但我的编辑的敏锐是正确的,我必须经历那样的自我放逐和锤炼。我的直觉也是正确的,哪怕只少走一段路,我都不是完整的我。

我在那一年春节之前风尘仆仆地回到了长沙。公寓已经退租,我一下子成了无家可归的野人,闺密让我先住在她家,等开春之后再找房子。

可是我迫不及待要写稿子,要把那本很厚的,在旅途中记下许多只言片语的旅行笔记和相机里海量的照片整理出来。这一切都需要专注和封闭,不能假手于人,于是我另一个朋友慷慨地把他的毛坯房钥匙给了我。

他说:"条件比较简陋,你不介意就行。"

我在那个弥漫着水泥气味的空荡荡的房子里写《我亦飘零久》。连续不断的雨季,我的厌世情绪逐渐到达顶峰,严重失眠,经常痛哭,其间去看过一次医生,开了一些药,最终却因为药效导致思维迟缓而没有坚持服用。

有时闺密来看我，连坐的地方都没有，只能坐在床上。

她没问过我是否后悔把公寓退掉，也不清楚我在写什么，只是跟我分享一些明星八卦，或是问我："你知不知道，煮辛拉面的时候扔一片芝士进去会更好吃。"

我在手稿上写：我必须揪着自己的头发，一点点将自己从沼泽里拔出来。

像是给自己加油打气，其实毫无作用。

完成这本书稿后，我把钥匙还给朋友，很真诚地感谢他，我永远也不会忘记那个房子毛坯时的样子。

带着简单的行李，我搬到了望月湖。

从硬件上看它其实有很多不足，房龄比我的年龄还大，但心事沉沉的我需要的不是清静，而是热热闹闹的人间烟火。

在这个占地面积大得惊人的老社区，有家常菜馆，有菜场、水果店，有社区医院、五金店、修鞋铺、快递站，还有一所中学，我喜欢写手稿，有时会去学校门口的文具店买中性笔。

所有我能想到的生活基础配置，这里都提供。它像是一个沉默的老师，教会我生活并非空中楼阁，而是一件件具体的事，一个个鲜活生动的人。

二十五岁这一年，我拥有的东西并不比刚毕业时多太多，可是我的心已经因为频繁地换水土而疲惫，在自己的轻率造成的动荡里，变得脆弱、狼狈。

我查了一下账户里的存款，认真地考虑起了买房子的事。

我和一群朋友坐在一起煞有介事地商量起来，其实在场的人基本没有相关经验，唯一有房子的男生，还是他父母给他买的，他也并不比我们懂更多。但说起要去看房子，大家都很兴奋，好像这是什么人多就力量大的事情。

我们五六个人，打两辆车到了售楼处。销售员被这个阵势搞得有点儿错乱，分不清楚这群人里究竟谁才是他的目标客户，但每个人提的问题，他也都耐心回答。

多少钱一平方米呀？几梯几户呀？预计什么时候交房呀？开发商会不会跑路？精装好还是毛坯好呀？有没有折扣呀？物业费几块钱呢？

我们七嘴八舌，想到什么就问什么，其实都只是在网上查了一些粗略的攻略。那个有房子的男生显得比我们其他人都成熟一点儿，还问了些关于幼儿园和学校资源、后期有什么商业配套规划之类的问题。

那阵子我们经常聚在一起，这里看看，那里看看，把看房子当成小圈子的团建。晚上回到望月湖，一起吃夜宵，不管是烧烤还是炒花甲，都很开心，再喝一点儿酒，更觉得是人生好光景。

我们才二十多岁，都是单身，没有负债，没有压力，前途不明，关于以后的日子该怎么过，也没有计划。

像韩愈的诗：断送一生惟有酒，寻思百计不如闲。莫忧世事兼身事，须著人间比梦间。

谁也没有怀疑过，大家会这样一直在一起。

那年秋天，我终于买了房子，小小的两居室。我打算把次卧做成书房，再加一个榻榻米，写东西写累了可以直接睡觉，主卧留给妈妈。付完首付，办了十年的贷款，交房的时间预计在一年半之后。朋友们分别认领了一些家电，嘻嘻哈哈说着等交了房，他们给我买，最后当然一个也没兑现。

我安心地在望月湖继续住了下去，其间因为房东要涨租金，又搬了一次。但或许是因为我觉得这种情形的次数也不会很多了，内心倒也十分平静。

即时通信工具从QQ过渡到了微信，北京的朋友们时不时发来消息：阿花，什么时候回北京呢？

就连我自己也不知道，为什么他们会说"回"，好像在我没有察觉到的时候，已经成了他们中的一分子。

一个做编剧的女朋友，说得更好笑："舟舟，快来，北京有钱捡。"

我再次想起，很久之前，那个仅有一面之缘的女生对我说过的话——"北京很适合你呀"。我告诉自己，这一次如果再去北京，绝不能又是一时的心血来潮，绝不能再因为一点儿不顺心，拔腿就跑。

那是2014年的秋天，我把最喜欢的一些书打包封箱，衣服、鞋子和包又装了一箱。这两个大纸箱被我通过物流寄到了北京的朋友家,接着,我怀着某种破釜沉舟的决心,买了飞往北京的机票。

直到这个时候,朴薯才和我团聚,但也是从这个时候起,我们再也没有分开过。

说起来,我其实并没有住上自己买的房子,在它一切置办妥当,水电燃气全通,真正能够入住的时候,我已经彻底适应了北京,不再轻言离开。

那个小小的两居室,我曾经设想中的"属于自己的房间",它更像是妈妈的家。

她有轻微的洁癖,每天早晨起来都要打扫一遍卫生,把地板拖得光亮,能照出人影。她还有严重的强迫症,每样东西都必须按照固定的习惯摆放。她不喜欢家里到处是垃圾桶和充电线,认为越简洁越好。

她还很迷信网上那些装模作样的专家,视冰水冷饮为摧毁健康的猛兽。

我长期生活散漫,放任自流,睡得晚,起得更晚,还喜欢吃外卖,如果我们住在一起,对于双方来说都是折磨。

有时候亲缘关系会呈现出一种复杂的、拧巴的状态——对方希望你好,你也希望对方好,但你们就是无法和平共处。

我写完了《一粒红尘》,开篇的第一幕就是女主角叶昭觉在搬家。后来宣传这本书时,我不断、不断地讲起这本小说的来由:我想写一个决心改造并重建自己生活的女生。她想买一个房子,这个俗气的梦想背后的原因,仅仅是她不想再搬家。

我总在写自己,写我的跌跌撞撞,我的不知所措。我喃喃自语,絮絮叨叨,在我的笔下,那些女孩总是孤僻、敏感,成长于赤贫和陋室,有种神经兮兮的紧张,自卑又渴望被爱,但她们有一个共同的特质,就是坚忍。

我实现的这些事情,向我证明了坚忍的作用。

因此,在种种际遇和命运的交错之间,我始终相信它。

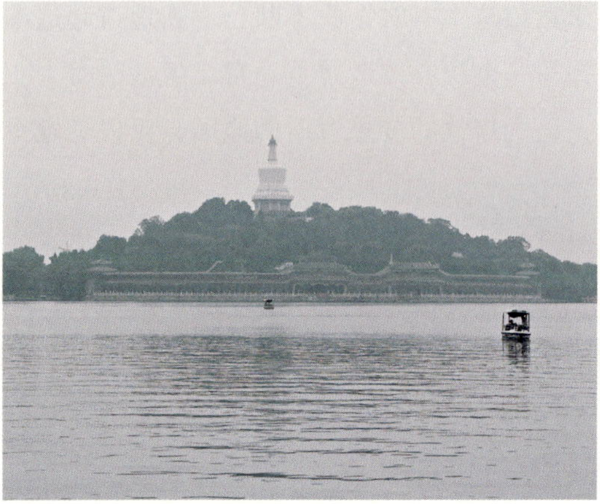

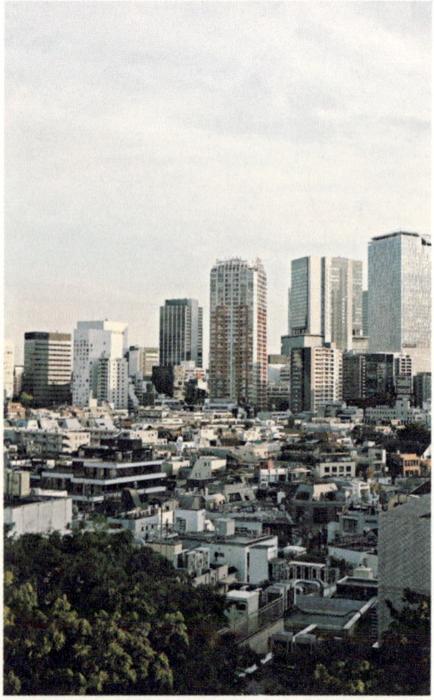

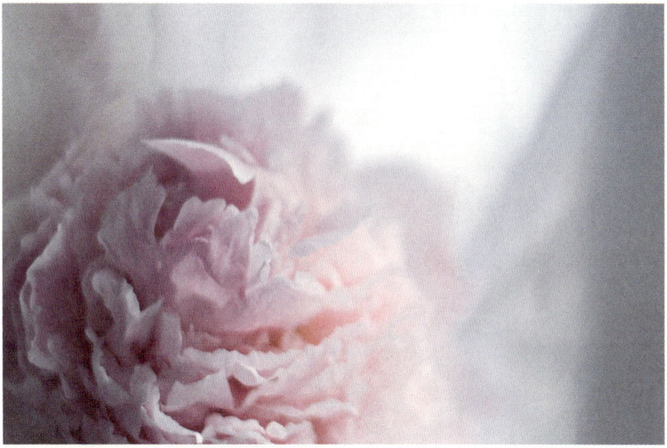

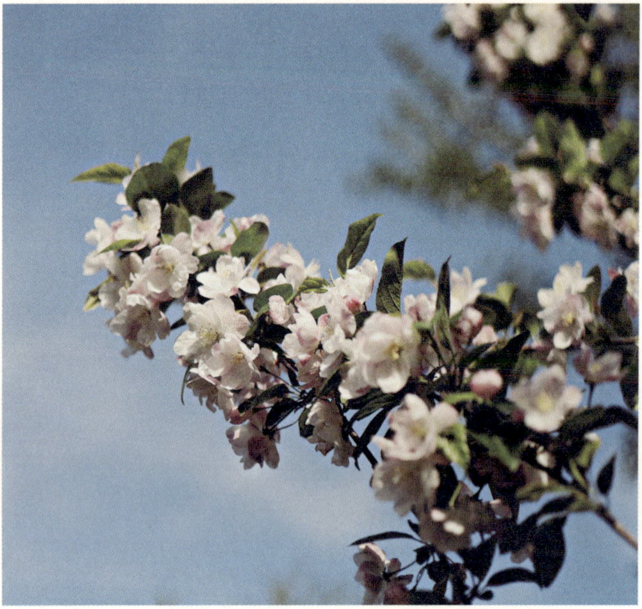

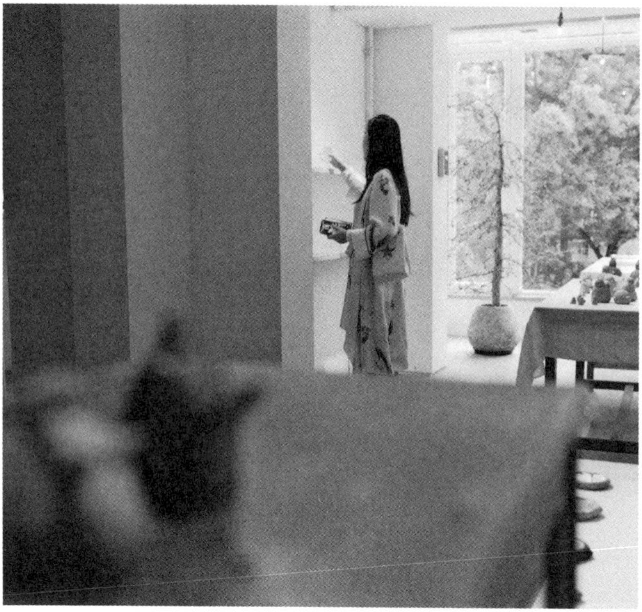

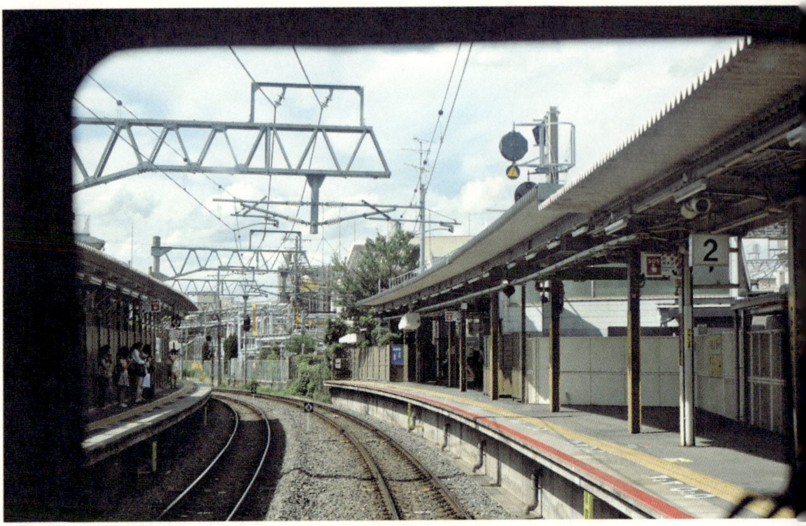
2

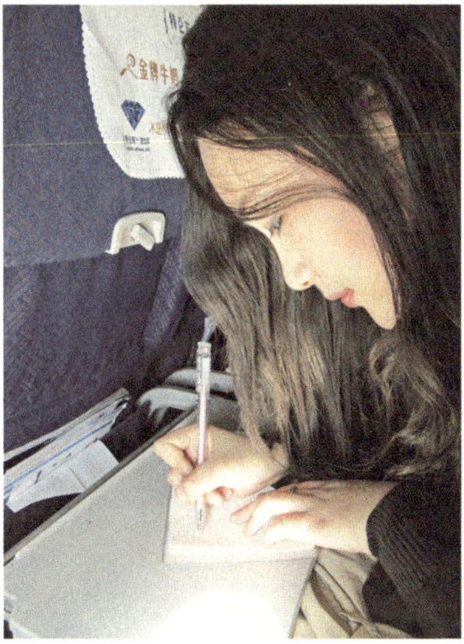

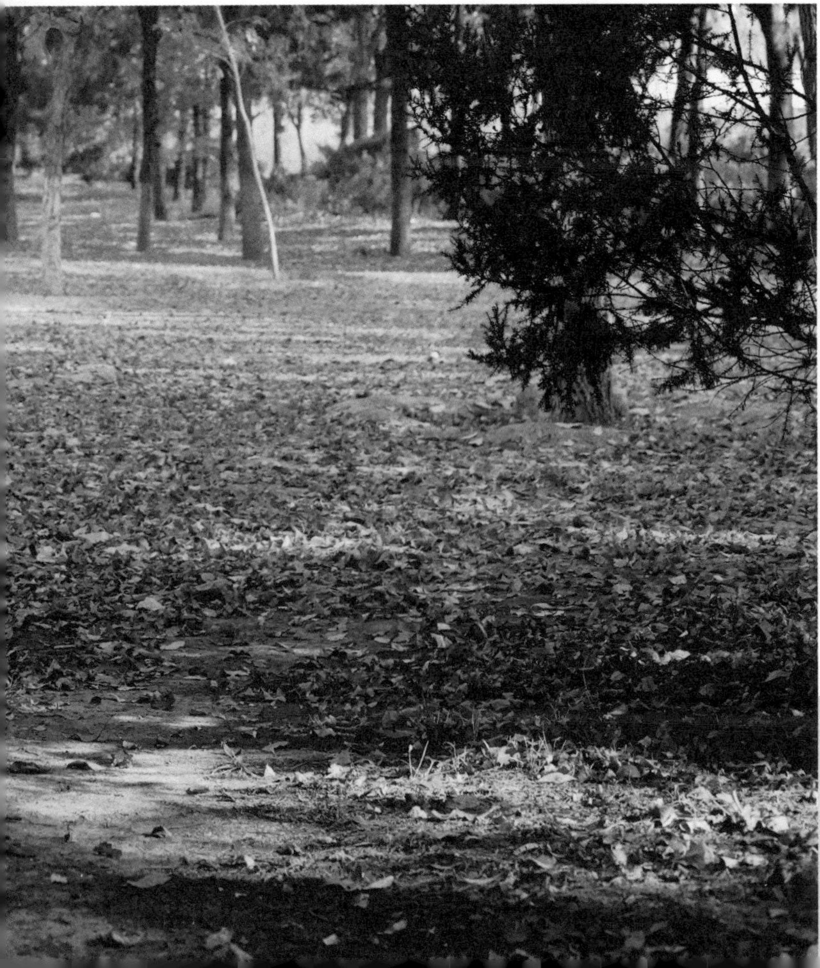

总是
慢半拍的
人生

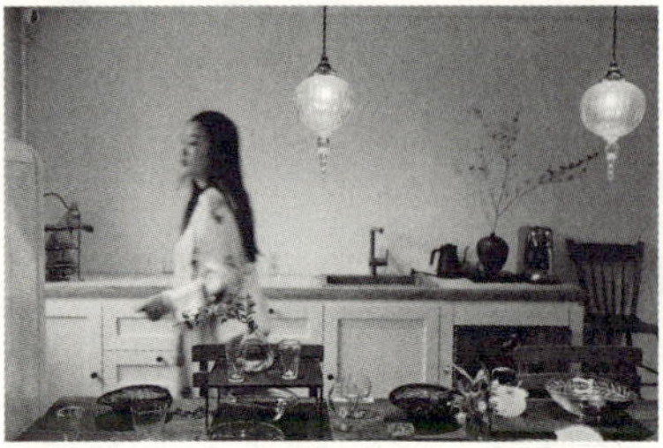

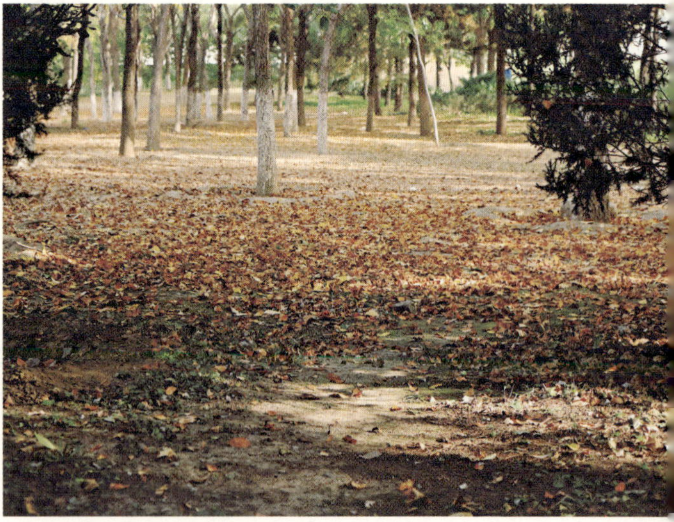

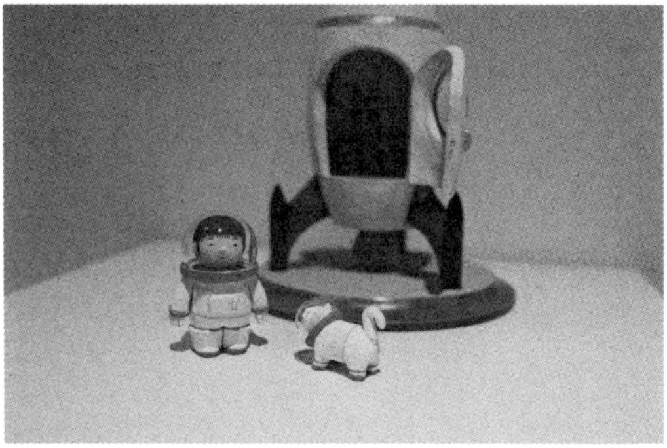

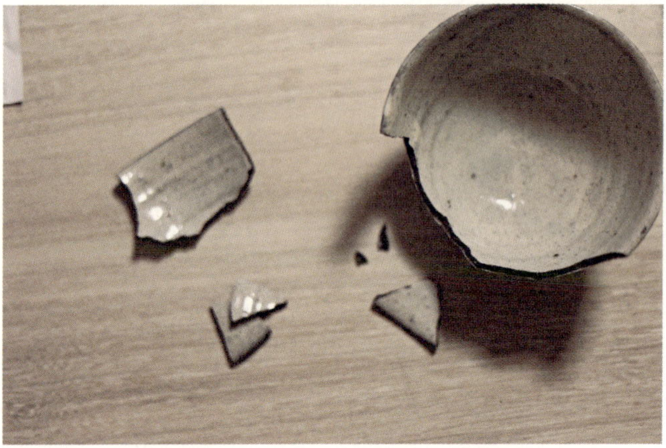

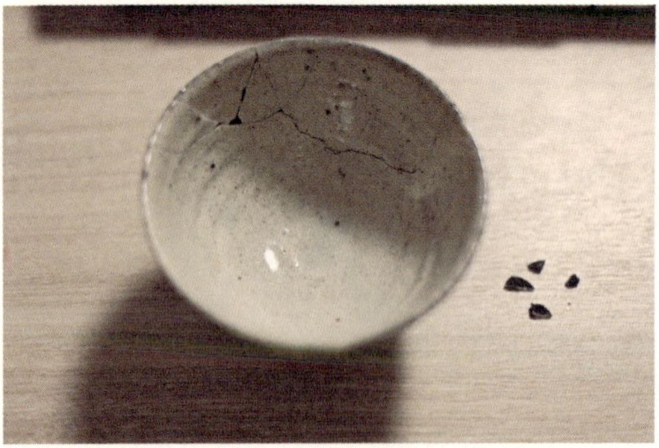

[1]

在网上看到一句湖南小孩用来自嘲的话：我们的成年礼，是一张去广东打工的车票。

通常来说，贬损的话由自己嘴里讲出来，似乎就没那么伤人。我看到这句话，先是自己笑了半天，又截图发给了一两个和我一样离开家乡的朋友。

我没有去广东，但南下或北上，在本质上没有区别。

换一个地方工作或生活，对于成年人其实是很寻常的事。但我二十多岁时有着文艺青年特有的毛病：我们总认为一件事情必须有意义，如果没有，那就强行提炼出一个意义。

在北京的时间越长，就越适应这里的干燥、拥堵和快节奏。习惯了这里宽阔的街道、冷寂的夜晚之后，有时回想，为什么最初那几次尝试，我始终犹豫不决，举棋不定？其实在这里生活也并没有任何不能克服的困难。

那时候我经常在不同的朋友家寄居，这里住两天，那里住三天，从来没有谁暗示过我"你该走了"，但我老是觉得自己像在流浪，下不了决心真正展开一种新的生活。

内心深处我总认为，这是一座"他人的城"。

我想，大概是因为年轻的自己把"去北京"这个选择看得太隆重了，换句话讲，是对得失太在意了。人在锐利又骄傲的年纪，往往会对失败怀着莫名的、深刻的恐惧，即使一颗石子的重量，也足以对紧绷的精神世界造成打击。

在几次赤足试探过温度和深浅之后，我终于意识到，当你不再怀着某种决绝的、非要做出点儿什么像样的成绩的心态去直面人生时，反而容易得多。

我慢慢对自己诚实了一些，也许很多人不肯承认，那些看似清晰坚定的自我选择，不过是另一种形式的随波逐流或顺势而为。

如果没有一而再、再而三地听朋友们讲"或许北京更适合你哦""北京有更丰富多元的文化，也有更多的机会""写作的人更应该走出舒适区，勇于探索"之类的话，也许我内心不会有这颗种子，它也不会生根、萌芽。

在北京租下的第一个房子，在三里屯附近，机电院后面的老宿舍楼。

当时的情况很简单，我觉得反正我也不上班，住在哪里都可以，不如在喜欢的商圈附近随便住住。

房东不在北京，房子委托给了中介公司，我直接跟中介签的租房合同。中介小哥复印我的身份证时，表情有点儿惊喜："姐，你也姓葛呀，我也是。"可惜这种机缘巧合不足以给我带来一些实质性的好处，比如中介费打点儿折什么的，只是听了一些客气话："姐，房子有什么问题你都可以找我，维修啊，换东西啊，你打电话给我就行。"

楼梯房，五楼，长条形的户型。客厅居中，小小的浴室和厨房，一左一右两间卧室。其实是非常适合合租的户型，但我租两居就是意在把工作和睡觉的空间区隔开来。家电有些年头了，但大多不影响正常使用。

我唯一介意的是洗衣机，我说服不了自己用别人用过的洗衣机，考虑了两天，还是买了一台便宜的涡轮洗衣机，顺便又买了一把工作椅。

做编剧的女朋友和我一样从长沙来。她性格比我活泼讨喜，认识的人多，社交圈子也更大。大多数时候居家干活儿，偶尔去跟甲方开会，听听那些给钱的人指导她怎么写剧本，她把写东西叫"搬砖"，去见资方叫"做狗"。

"等我做完狗回去，给你推荐个性价比高的桌子搬砖用。"

晚一些的时候，她发来一个工作桌的链接，说这个便宜，将来搬家不带走也不心疼。

一两百块钱，合成板材质，原木色，需要自己对着说明书动手安装。

收到板材之前，我去了趟四元桥的宜家。买了橙白配色的费克沙工具套装，两张几乎所有租房青年家里都有的四方小桌，一白一黑。白的做床头柜，黑的当餐桌。一大一小两只豆绿色的铁制储物盒、一只白色花瓶、几只灰蓝色的碗和餐盘、粉色的陶瓷杯子。

在出口处找了一个师傅，双方就送货价格简单拉锯了一会儿之后，我给了他详细的送货地址。

我花了两三天时间，将这些细碎的东西一一安置好。搬砖的桌子安装完了，放在面积小一些的那间卧室里，笔记本电脑和工作椅就位后，真的有点儿正式开始新生活的架势了。

虽然简陋陈旧，但也不影响我将它看作我的新家。

去朋友家吃饭，他们三四个人合租，大家都是上班族，下了班也都是好朋友，气氛欢乐融洽，笑声飘荡得满屋子都是。但有一点我和他们合不来——他们睡得太早了，才十点多就一一从客厅退出，我也识趣地意识到自己该告辞了。

走的时候，我从朋友的绿萝盆栽上剪了两枝，听说这种植物有水就能活，我想试试是不是真的。

回家后将那两枝绿萝插在装了大半瓶水的玻璃瓶子里，放在朝南的窗台上。

日子寂静地流淌着。

虽然换了一座城市，但生活模式几乎没有变化，有时我觉得家里太过安静，尤其是青轴键盘被敲击得噼里啪啦时，那种静就愈加明显。

是不是可以养只小动物呢，小猫、小狗或者金丝熊？但这些念头最终也只是像闪电划过脑海。

我不知道自己这一次能坚持多久，也不知道会在这里住多久，再说，收入也是未知的，面对种种不确定性，我缺乏勇气和坚定。

可能是为了减少一点儿寂寞,我养成了买花的习惯。

夏天的芍药品种丰富,我最爱"落日珊瑚",花朵大得近乎华丽,花瓣的颜色随着时间流逝逐渐减淡,从浓郁热烈的水红色慢慢变成桃粉色、奶油粉、温柔的橙子汽水的颜色,尽头是暖暖的白,整个花期就像一场缓慢的日落。

寒冷的天气,窗台上总插着一大把雪柳,枝条纤细修长,花瓣小而洁白。开窗透气,风一吹起来,满地细碎的白。

2021年诺贝尔文学奖得主揭晓时,没引起什么轰动,古尔纳这个名字对于中文世界的读者来说实在太陌生了:一个英国籍的坦桑尼亚裔老头。

我在网上查找资料,简介说他的作品大多围绕着难民主题,主要描述殖民地人民的生存状况,聚焦于身份认同、种族冲突及历史书写……不是我最感兴趣的那一类题材,但当时正逢疫情猖獗,我还是买了一套作品集来读。

"我很想对你们解释这件事情,解释我如何失去了那里,与此同时也失去了我在这个世界上的位置。那就是这件事情——这番游荡的意味所在。那就是在另一个民族的土地上当一个异乡人的意味所在。"

我在记事本里摘抄下的这段话,来自古尔纳的《最后的礼物》。

他试图在作品里谈论远离了自己的文化、历史和语言的群体，在新的土壤里如何生存，如何面对以及接纳自己的异类感。而我最强烈的感受是，任何规模的迁徙或许在本质上都是逃难，都是流亡，移民也好，搬家也好，你原有的生活都不可避免地被撕裂和粉碎，原有的人际关系、那些曾经密不可分的联结也必将被摧毁，你要重新构建另一套生活体系。然而在这些撕裂、粉碎和重塑的过程中，往往充斥着无法回避的痛苦和如影随形的虚无感。

而经历了这一切的你，也不再可能是原来的自己。

这些感受，其实在我来到北京生活的第一年就已经断断续续涌现出来，但我当时抓不住这些千丝万缕。孤独令我木然，而年轻又让我不善于总结。直到多年后，整理这些纠结与困顿时，已经不再年轻的自己似乎终于理解了一件事：真正和人生劈面相遇，就是在我独自度过的第一个北京的冬天。

冬天很快到来，虽然是老房子，但暖气很足。每次洗完澡，把洗干净的袜子和内衣搭在暖气片上，一两个小时就彻底干了。

对于从小苦于过冬的我来说，有暖气的冬天简直幸福得像在天堂。再也不用戴着露半指的手套打字了，因此一下子勤奋起来。但不管室内多暖和，熬夜时还是必须在膝盖上盖一条薄毯子。

大多数时候我在家里写小说，偶尔带上笔记本去机电院的一家餐厅吃 brunch。工作日的上午人很少，我经常坐在最喜欢的那张桌子前消耗大半天，对着大落地窗，点一份烤蔬菜或者枫糖松饼，慢慢吃，慢慢写公众号的推文。

有时我一个人去看电影，逛超市，在人人都很精致美丽的太古里买一杯咖啡，或是跟编剧女友一起逛街，买衣服，吃火锅。

她住在东三环附近的一个大社区。小区条件尚可，但人员复杂，经常能在电梯里看到一些神情冷漠、妆容艳丽的年轻女孩子。

她自认为掌握了一些北漂的生活技能，得意地传授给我一个省钱的法子：点外卖只点菜，别点主食，可以自己在家煮米饭。

一份米饭，便宜的两块，贵的也不会超过四块，但我们都沾沾自喜地觉得自己长大了，变聪明了，很会过日子了。

省下一份米饭钱的我们，经常给对方发自己看上的包包，照着汇率商量来商量去，最后一起找代购。

她激励自己："只要努力做狗，就能多买一只香奈儿。"

我附和说："要是有一天能实现香奈儿自由就好了。"

我们省小钱，花大钱，本末倒置，买了很多自己根本不需要的东西，深陷消费主义陷阱而浑然不觉。

那一年她三十岁，和谈了几年的男朋友和平分手。对方想结婚，而她不愿意。在生日那天的凌晨她跟我说："没想到在三十岁的时候,我又回到了一无所有的状态。"

那句话叫人触目惊心,我似懂非懂,却也感觉物伤其类。

到她四十岁的时候,我也早过了三十,一无所有是什么意思我已经有所体会。我们早已经不在一座城市,交往少了,交情也淡了许多。

我在朋友圈看到她去日本旅行,照片上的她背着一只爱马仕小包,包上挂着迪士尼的玩偶。她依然漂亮,身材纤细,穿着打扮都是时下最流行的,年龄在她身上很模糊。

有时我会想起当初她诓骗我来北京时说的那句"快来,北京有钱捡",事实上我们都没有得到任何一笔飞来横财。我依然靠写字谋生,而她在兜兜转转的"做狗"生涯里,没有一个剧本真正投入拍摄并顺利播出。

某种意义上,我们不过是在各自的领域里苟延残喘。

但有一件小事,我记忆犹新。

那一年的夏天,我们一起回长沙,买了同一趟航班的机票,约在首都机场的2号航站楼碰面。那天她戴着一顶帽子,背着双肩包,神秘兮兮地跟我讲,她收到了一个剧本的定金,是现金,就在她的包包里。

然后,就像脑子突然短路了一样,我们一致认为,应该数一数那个信封里到底有多少钱。

于是我们在T2找了一个偏僻的角落,她盘腿坐在地上,我蹲在旁边警惕地四处张望，生怕突然从哪里冒出一个坏人抢走她的钱。那个信封里全是红色的票子，她数了多久，我就紧张了多久。

整整两万，一张没多，一张没少。

她长长地吐出一口气，爆了一句粗口，但在那个语境里是表达高兴的意思。

现金对人造成的视觉冲击是非常震撼的。虽然只有两万，但拿在手里也显得有点儿壮观。我看着她数完钱，小心翼翼地装回信封里，又小心翼翼地把信封装回背包里，整个过程中我们没有说话，这略带戏剧性的一幕因为某种无法解释的荒诞而在我的记忆中被定格、存档。

往后的这些年，我无数次从这个航站楼出发去不同的地方。我不是每次都会想起那一幕，但我每次想起那一幕时，都会不由自主地笑起来。

我跟同行的朋友分享这个笑话："有一次×××就坐在一个角落里数钱，像偷来的一样，我在旁边替她望风。"

别人都觉得莫名其妙："为什么？"

笑意仿佛被冻结了一般，我也沉默了，你该如何向没有经历过冬天的人解释什么是雪呢？

是啊，为什么？

[2]

你会不会偶尔想起某个和你算不上特别熟悉的人？
很奇怪，时不时地，我会想起她。

2015年的深秋，我的身体查出一点儿问题。

我从小到大很少生病，几乎没去过医院。平时有点儿小病小痛一般选择去药店买点儿对症的药，剩下的就交给温水和睡眠，但这一次情况比较特殊，必须手术。

这不是一个复杂的故事，无非是确诊、治疗、康复这几个步骤。从拿到确切的检查结果那天起，我就决定要在最小范围内解决问题，因此没有告诉妈妈。住院期间，也只有几个关系特别好的朋友和妹妹去探视过一两次。

住院期间，我被迫适应了一种过于健康的作息，早起导致一天显得特别漫长。为了打发时间，我看书，写住院日记，还看了朋友推荐的古装电视剧，动辄六七十集的体量，平时我根本耐不住性子看这么长的剧集，但那时我的生活处于非常态。

朋友们都在日常的轨道里运行着，大家都正常地工作，聚会、聚餐或是恋爱，而我被几项迟迟不合格的血检指标卡住，困在病房里，我感到一种没有边际的孤独。

某天我收到许久不联系的朋友的微信,问我知不知道××生了很严重的病。

我浑然不知:"什么病?"

这位充当信使的朋友平时工作很忙,历来讲话简短、克制,但她那天流露出了非常激烈的情绪,语气里充满了不忍。

"情况很糟糕吗?"

"嗯,不乐观。"

我们的对话止于此,悬在空中,我没有继续追问,也没有去打扰被病痛折磨得奄奄一息的当事人。虽然身处程度不同的痛苦里,但我将心比心,觉得不应该给对方增添哪怕一丁点儿负担。

短短一个月,我的手术创口尚未愈合,还是那位信使朋友发来消息告诉我,她去世了。

那年我们都是二十八岁,说大不大说小不小的年纪,在各自的轨道里认领各自的命运。不幸的是,她的生命指针永远停在了寒冬。

她是我在现实生活中认识的朋友,我的同龄人。我们真实接触过,聊过天,看过对方写的东西,虽然没有特别深的交情,但在彼此的生活里的确是有血有肉地存在过。

在我还住在卷烟厂附近的时候,她去我家做过一次客。我们都是在不富裕的单亲家庭长大的小孩,和妈妈相依为命,相似的成长经历让彼此比较容易亲近,也比别的朋友多一些懂得和理解。她性格直爽、真诚,对人没有防备,非常认真地跟我讲,自己要努力工作,多挣一些钱,让妈妈以后能生活得更好些。

年轻的我们胸中都有股要跟命运搏斗的狠劲和绝不屈服的决心,或许还有些天真的、理想主义之类的东西,谁也不会怀疑,未来的种种一定比我们经历过的要更好一些。

那年我们二十二岁。

我不是她的作者,交集有限,所以我们的关系自然而然没能更进一步,只停留在互相欣赏,说起对方时会觉得"她人蛮不错的"。

在我四处旅行的那些日子里,我们偶尔在QQ上遇到,扯几句闲话,问候一下对方的近况。我知道她身体一直不太好,断断续续生过几场病,也动过很大的手术。但她从不说丧气话,始终对人生保持着令人钦佩的达观和热情。

后来我写了《我亦飘零久》,她给我留言说很喜欢,想要一本TO签。于是我签好名拜托我的编辑带给她,她收到后欣喜地发来消息说:"没想到你真的记得!"

我说:"我们说好了的呀。"

在那个时候我能感觉到,随着际遇和环境的变化,我们其实已经非常生疏了。而这种感受一定是相通的,她分明也有所察觉,我们之间好像只剩下一些客气话。

"你越写越好了。"她说。

我说:"谢谢你呀。"

不再是能轻松欢快聊琐碎的关系,叮咛嘱托又显得太过郑重，于是对话戛然而止，那年我们二十五岁。

到2025年我写下上面这些文字的时候，她离开这个世界已经十年。

我自觉变化不大，但她才是永远年轻，风霜不染乌发。

2017年，朴树出了新专辑《猎户星座》，我很快就识别出了其中我最喜欢的那首，《在木星》。

> 以苦难为船，以泪为帆，心似离弦箭
> ……
> 问那人间，千百回，生老死别
> ……

这十年当中，世界发生了很多大事，我个人的生活里也有许多让我感到差一口气可能就缓不过去的艰难时刻，厌世感时不时就会从心底最深处溢出来。我因此明白了一个真相，虽然比起年少时和年轻时，我对人生阴郁、落魄、溃败的，无法美化的那一面有了更强的遮掩和压制力，但并没有真正成长进化出一个健康的人格。

出于某种我自己都无法解释的原因，偶尔，在我感到我的灵魂摇晃起来，心神不宁，无法镇静的那些时刻，我会去看看她的QQ空间或是微博。

她空间的日志停留在2013年。我很清楚地记得，在这之后是势不可当的微信时代，风头无两的微博时代，网民们从 PC 彻底转向了手机。那些如今看起来内容略显幼稚粗糙的日志，带有强烈年代感的配图，喃喃自语般的对工作的记录，对生活方方面面小小的吐槽和憧憬，她读的书，喜欢的作家的语录，都是一个鲜活生命未被噩运摧残之前，纯白的证据。

每次浏览完，我都会找到最近访客的时间线，在自己的头像上点击"删除"。

或许根本没人在意这个细节，但我不愿意任何人知道。那种私密性和安全感像是一间忏悔室，又像是一间避难所。

而她最后的那些微博，全是对抗病痛、对抗越来越近的死神以及在对抗过程中释放的能量和尊严。肉身越虚弱，言辞越激烈，这尊严就越是熠熠生辉。我能感觉到文字底下的那个人，她的灵魂不因命运的恶意而被改变和损害。

当我想起她的时候，从来没有一次企图从中获得慰藉，反而会在她沉浮明灭的短暂人生中，一次比一次更真切地体会"生者不遑为死者哀，转为得休息羡。人生可悯"。

有时我问自己，当我想起这个已经离开很久，和我的联结也并不根深蒂固的朋友时，我的潜意识里究竟期待着能得到什么样的启发呢？

一年又一年，我不曾跟任何朋友讨论过，也没有积累到足够的智慧回答自己，到最后我放弃了对这个意义的追寻，而这时，它似乎反而有了一个模糊的答案。

长久以来，我们对人生里那些不美好的事物，那些痛苦的事物只有三种态度：忍受，搏斗，直至孱弱时无奈屈服。在她的故事里，我看见了第四种人与痛苦的关系：撞破南墙，两不相欠。

每个人都有自己的地狱，地狱与地狱并不相通。

这一年，我已经三十七岁。

这一点点的启发和意义，像是从顽石里凿出来的一滴水，那么微不足道，转瞬即逝。可这微末的真意也令我觉得，到底没有枉费许多年前的那个夜晚，我们在破旧的屋子里，没有保留地向对方袒露的那些许心声。

[3]

在北京生活的第三年,我从机电院搬到了青年路附近的小区。新居宽敞、明亮,大多数时候都很安静,离朝阳大悦城步行仅十分钟的距离,生活半径因此固定下来。大商场包罗万象,约朋友吃饭、喝咖啡、买衣服、看电影都比以前更方便。

美中不足的是,附近有一条货运铁道,火车穿过住宅区时必须鸣笛示警。有一天我心血来潮认真地计数,从早到晚一共有八趟,倒也不是不能忍受。

不可避免地,我的东西越来越多。

搬家前打包时,我看着那张简易的、自己一手组装的工作桌,内心不是没有一点儿不舍的,它陪我写了两本十五万字的小说,实在物超所值。但最终还是如编剧女友预言的那样,我没有带走它。

再恋物的人也有极限。我只能和自己讲,不同的物品有不同的使命,在我们约定的时间里,它完成了它所担负的,缘分就到这里了。

在北京搬家和在长沙搬家不一样,其中有种微妙的分寸感。我和长沙的朋友相处起来,像是卡通片或漫画书,情节再怎么荒唐，个性再怎么放肆，在那个故事背景里都是成立的，那种亲密是不分你我。而北京的朋友，大家都是现实世界里的成年人，城市这么大，时间和机会都那么珍贵，精力和交情都只能用在刀刃上。你会不自觉地时时提醒自己，尽量不要麻烦别人。

我联系了一个口碑很好的搬家师傅，为不被抽成，他从不在平台接单，客源都是朋友熟人之间互相推荐。他有辆小面包车，搬运和司机都是他自己。

我们去旧居搬东西的时候，我忐忑地问："一趟能装下吗？"

他浮起憨憨的笑："能啊，你这才哪儿到哪儿。"

过了一会儿，他忽然发现一个大家伙："洗衣机也是要搬走的？"

我点点头。

新居其实有比它更高级的洗衣机，但我还是执意带走它，哪怕只是放在阳台上当一个笨重的、占地方的摆设。

该怎么理解这份执意呢？大概是犯傻吧，人总有些钻牛角尖的时候。

东西朝向的一居室，每到下午，客厅浸泡在夕照里，我坐在地毯上望着窗前的植物映照在墙壁和窗帘上的影子，那样的时刻总让我想起伊坂幸太郎写的《金色梦乡》。电影拍得很好，但小说原作细节更丰富，草蛇灰线的伏笔和铺垫更精彩。

植物越养越多。多肉堆满了整个窗台，一片叶子就能繁育出一盆新的。龟背竹和佛手成为视觉焦点。我经常想，下一次搬家可怎么办呢？

买了一张可以调节高度的电动桌，它既是书桌，也是饭桌。我在那张桌子上看书，吃饭，晚上一边用平板放电影当背景音，一边剪贴各种可爱的胶带和贴纸制作手账，写一些无聊的流水账日记。

用彩色墨水在手账里写下这些句子：

一定要有某种你所向往的生活，那将会是你最终得到的生活。

一个秘密能在心里生存多久呢？十年久吗？会更长还是更短呢？

永远是一个人在等待着一个一去不回的人，永远是我爱某个人远胜过他爱我。

你喜欢的，和你得到的，往往不是同一样东西。

那个冬天的早晨，我在雾气弥漫的窗户上写了一个字，又擦掉，痛苦得好像身体里有什么东西彻底破碎了，再也无法修补。

而我现在想起那些，只觉得不可思议。

欢乐有时，悲伤有时。
销毁有时，重建有时。
我总认为，生活应该有鲜花，有诗意，有从残酷中淬炼的温柔和与诗意对照的浪漫。

不难看出，字里行间其实充满了挣扎和自相矛盾。有时看上去很洒脱，有时又袒露沉甸甸的遗憾。写作的人都擅长用文字粉饰生活的疮疤，但话术无法稀释人生的苦涩。

《一粒红尘》完成了，原本因为生病而耽误的签售活动也顺利结束。经历过两次手术，我终于决定停一停，让身心都休息一阵子，去做一些和工作无关的事情。

当一个不爱社交的自由职业者认真地想要"去生活"的时候，生活却呈现出乏力的苍白，彻底失去了约束的自由，反而让我不知道该做什么。

好朋友在建外 SOHO 报了一个日语班。他见我终日无所事事，郁郁寡欢，便怂恿我一起去上课。大多数时候我并不太认真，心不在焉，直到有天看到了一个词：一人暮らし。

书上的释义有些笼统，将它称为"单身生活"，老师特意做出了解释：是一个人离开父母以后，组建自己的家庭之前，独自生活。

下课后我乘地铁回家，10 号线转 6 号线，途中这个词不断在我脑海中闪现，不明白为什么一个非母语的词汇让人想哭。

大概是因为长久的孤独吧。

这一年，长沙的一位女朋友生下女儿，她是我亲近的朋友中第一个生小孩的。其他未婚的朋友也都渐渐稳定下来，有的回老家当了公务员，有的跟别人合伙开了小公司，也有的确定了结婚对象。

虽然已经好几年不生活在同一座城市了，但当这些消息通过微信纷至沓来，我还是强烈感到彼此已断联。隔着一千五百多公里，那种热腾腾、暖烘烘的幸福似乎依然穿过物理距离提醒我：你掉队了哦。

二十多岁时，我内心非常依赖友情编织的那个世界，认为那是变化万千中唯一的永恒，但到了某个时刻，我也不得不接受它逐渐分崩离析。

在许许多多的事情上，我都不够聪明、清醒，反应总是慢半拍，好像永远欠缺一份紧迫感，却又无时无刻不处在焦虑中。

晚上跟笨笨用微信聊天，说起那些她也很熟悉的名字，说到他们的现状，我们都沉默了一会儿。她比我小两岁，还算得上是同龄朋友，我们对于人生的态度都不太严肃，从某种意义上说，这种吊儿郎当对我们彼此反而起到了一点儿奇妙的安抚作用。

像是站在岸边观望着畅泳的人群，在犹豫着要不要下水时，看到旁边还有另一个人。

"有空再一起出去玩吧。"

"现在能约着一起出去的朋友越来越少了。"

"岂止啊,就连一起熬夜的朋友都越来越少了。"

从那年开始,我经常感到心里很空。我知道,这是因为曾经很重要的一些情感被抽走了,那些原本容纳着爱与悲伤的空间被腾了出来。

于是,我不得不正视无可回避的"虚无"。

暗自决定,下一本小说的主角名字就叫"空空",但要写一个什么样的故事我还没想好,我在等这个角色从我的心里长出来。

在她的故事显形之前,我花了大量时间去旅行。人是相信经验的动物,在我二字头的年纪,这个方法是很有效的,它让我能暂时脱离日常的轨道,呼吸到别处的空气。站在三十岁的边缘,我试图再次把自己的空虚交托于它。

老护照上的边检印子和免税印子越来越多,空白页所剩无几。在去芬兰之前,不得不更换新护照。

在风尘仆仆的旅途中,我总是会带几本书在身边,看完的就留在旅馆的阅读区,希望它能遇到下一个有缘的读者。有次长途飞行,机舱里暗且静,身边的朋友也睡了,我盖着小毯子,打开阅读灯读李贺的诗。

吾不识青天高,黄地厚。
唯见月寒日暖,来煎人寿。

小时候念过的诗句,当时根本不明白是什么意思。

我越来越了解一个事实:"虚无"是无法消解的,我们想尽一切办法,努力做出各种尝试,不过是摆出一个抵抗的姿势。

元旦的晚上,我在青年路的居所里炖一锅牛肉汤,汤沸腾之后,大火转小火。我靠着墙壁,点了一支烟慢慢吸。手机不断振动着,是朋友们发来的新年祝福。桌上的笔记本电脑里,有一个即将完成的文档,文件夹标题是"万人如海一身藏"。

越南的海,撒哈拉的热风和星空,雨后的东京和冰封的贝加尔湖,爱丁堡的咖啡馆,来自世界各地的哈迷在墙上留下的笔迹。我写这些旅程和旅程中的人,也写生病和痊愈,写母亲,写终将落空的爱和我误以为是爱的那样东西……

这是和《我亦飘零久》相似的题材,但我终于在受过伤,跌过跤,头破血流之后学会了克制。十来年的岁月,长长短短几十万字铺就的道路令我明白了一件事,越是深沉浓烈的情感,越要节制表达,越是不想再提起的事,越要写下来。

三十岁的夏天,我在东京银座的一家咖啡馆跟朋友喝茶。不记得是由什么话题谈到,她说:"舟,没有人是完美的,我经常跟自己讲,我并不总是对的。"

我把这句话记到了那一天的手账里,还在旁边贴着当天咖啡馆的小票。

此去经年，热敏纸上的字迹已经褪得几乎无法辨认，当天我们点了什么吃的喝的我都忘了，那句话看上去也没头没尾，可对我意义重大。

我并不总是对的——这句话算不得什么金科玉律，却是自我建设中被我忽视的重要一环。捏着这一块重要的拼图，我走入人生的下半场。

[4]

2020年年初。

疫情兜头袭来,所有人的生活都在一夕之间被摁下暂停键。每个人都有不好的预感,就像狂风暴雨到来之前,谁都闻得到风里的土腥味。坏消息以超出我们想象的规模和速度扩散,有些家庭一夜破碎,有些人的一生从此改写,但彼时彼刻,我们还不知道那意味着什么。

身在其中时,你无望地想着这一切什么时候才能结束,当一切都结束之后,你在巨大的苍白和恍惚中,又无法想起究竟哪一天是一切的开始。

前一年的12月,笨笨过三十岁生日,我应约陪她去东京待几天。这一年刚好也是我们认识的第十年。

她曾经用玩笑的语气跟我谈论年龄焦虑,问我过了三十岁有什么感觉,会不会有中年危机什么的。

十年前,她还是一个大三的学生,性格直率、鲁莽,不喜欢和陌生人打交道,话少。我是刚出了两本书的小作者,怀着一些矫情的心事。我们跟各自的朋友一起去丽江旅游,不能免俗地都报了香格里拉两日游。在旅行团里,大家打了几次照面,就算认识了,等到折回丽江,又一起玩了几天,彼此交换了联系方式。

事实上,当时一起喝过酒的那群人,在旅行结束之后就自然而然断了联系。旅途中结交的情谊,本质就是"醒时同交欢,醉后各分散",发生在路上的故事总是充满了随机性,所以轻盈,飘忽,浪漫,却也脆弱。

不过我们俩倒是意外地跳出了这个定式,在后来的日子里渐渐熟悉起来,成了现实生活里的好朋友。

在很长时间里,她是朋友圈子里唯一和我作息同步的人。我们都不上班,都喜欢晚睡,经常会在深夜里开着视频,把对话框最小化。我在这头写稿子,她在那头看喜欢的剧或电影。我们各做各的事情,很少说话,却达成了一种温度刚刚好的相互陪伴。

我很认真地审视过"三十岁"这个课题,得出的结论是:三十岁和二十九岁、三十一岁都没什么区别。但也必须承认,如果把时间跨度拉长一点儿看,三十岁和二十岁的确是不同的。你对很多事情的看法、想法和态度都会有变化,也许会豁达,但更大的可能是会更偏激,而每个人的光谱都不一样。

不过我手里有一把开启三十岁的钥匙——我并不总是对的。

我告诉她,焦虑和恐惧都没有意义,也很徒劳。人生茫茫,三十岁只是一个普通的刻度,它不意味着任何答案或结果。

她生日那几天,我们很开心地去逛了中野的旧玩具商店和哆啦A梦百货，对一个月之后将要发生的巨变毫无感知。我在中野买了一个手掌大小的发条机器人造型的手办，那是鸟山明在漫画中的形象，她买了两枚村上隆的太阳花胸针。

我跟她说："我家里有一套《阿拉蕾》和一套《龙珠》漫画，以前我经常把这两套漫画从长沙寄到北京，又从北京寄回长沙，然后又寄回北京。"

她错愕地看着我："你有毛病啊？快递费都够买套新的了吧。"

其实她说得没错，从这件小事可以明显看出我脑袋糊涂，算不清账，但有些东西我就是没法用一种经济的方式去处理。如果再买一套新的，我会觉得我背叛了那套旧漫画。

陪她过完生日，我们各自乘飞机回家，像过去很多次旅行结束时一样，没有啰里啰唆的道别和叮嘱，只是简短的一句"落地联系"。

半个月之后是春节，同时，疫情来了。

网上净是些令人心碎的报道和消息，评论区里不同意见的人总是从争执发展到咒骂，看得多了，只觉得脑子嗡嗡作响，于是我刻意减少了上网的时间。察觉到惶恐和戾气也会相互传染之后，我便也切断了很多不必要的交流。

在那个春天，我的身心都回到了自己的房间，沉默地过日子。

故步自封，有时不见得完全是坏事，尤其当你知道自己或许没有辨别信息真伪的能力时。在我的内心深处,一直有套朴实的生活哲学:越是在动荡和未知里,越要尽量按照自己的意愿,以一种惯常的方式继续生活。

在信息轰鸣、是非对错混杂的时刻,我蒙上眼,塞住耳,为自己筑起一道铜墙铁壁。

趁着快递还正常运行,我寄了一些口罩给妈妈,叫她少出门,多囤点儿吃的喝的。她时不时会转发一些消息或者截图给我,问:"这是真的假的?"

我不知道,但我觉得知不知道真假,其实不重要。

《深海里的星星》出版十周年。我把稿子从头到尾修订了一遍。很多当年自我感觉还不错的描写随着时间的变换,显得非常好笑。我截取最好笑的那些给当年看过小说的妹妹吐槽:程落薰把她的诺基亚的电池摔坏了!

出版方的编辑给我打电话,讨论该怎么宣传。

我灰心地问她:"在这样的时候,谁会关心一本十年前的青春爱情小说?"

她语塞了一会儿,又振作起来:"那也不能什么都不做呀。"

家里的乐高存货很快就被我全拼完了:街景系列的书店,巴黎餐厅和城市中心广场,大众的露营车和伦敦双层巴士,哈利·波特的火车和阿波罗11号登月舱……

我属于乐高玩家里比较笨蛋的那一类,既没有对某个系列特别情有独钟,在拼的过程中也没什么灵光一现的创新。看到喜欢的、顺眼的,就买回来,照着说明书一页一页拼,权当打发时间的大人的玩具。

买的时候、拼的时候都很快乐,丝毫没考虑将来搬家的时候会有多痛苦。

大悦城乐高店的店员发来消息说,菲亚特到货了。

那是一款柠檬黄色的小车,造型很卡通很可爱,我在意大利自驾时开过真正的它,有点儿特别的情谊在,所以必须买回来。

我去取货的那天,结结实实被吓了一跳。从没见过,甚至连想都没想过那么萧索的商场,五层以上的餐厅全关着灯,有种触目惊心的静,五楼以下很多非餐饮的商铺也都闭着店,平时喧闹的购物场所忽然鬼气森森。

乐高的店员戴着两层口罩,我们以最快的速度完成交接,没有多说一句废话。

其实我心里并不真的那么害怕,但在那种气氛下,如果你表现出轻慢或是不以为意,那就会显得很傻。

本想顺便买些面包和饮品回家,但面包店和奶茶店都不营业。

往日很拥堵的路口,也只有我那辆孤零零的车在等红灯,简直像灾难电影里的末世。

再迟钝的人,也不可能不感到一丝惶然。

后来的后来,有朋友问我:"2020年抖音那么火,那么多人拍视频、做直播,你当时在干什么?你为什么不经营?"

在拼乐高,在看家里那些一直没看完的书,在写《此时不必问去哪里》。

性格影响选择,选择决定命运,我就是那种永远慢半拍,永远错过机会,永远赶不上风口的人。

最寂寞的时候,我把耶茨所有的作品重新读了一遍。

很多年前我第一次看完《十一种孤独》,心像是被子弹击穿,又像被闪电击中,原来小说可以这样写。

我对当时的男朋友说,我太喜欢耶茨了,我要是能写得有他十分之一好就满足了。他对耶茨无感,他喜欢的是狄更斯、海明威和麦克尤恩。后来我们分开了,我也就很少有机会跟异性讨论和书有关的事。

在疫情的第一年,我再一次找到了耶茨,也再一次爱上这个在相当漫长的时间里不被重视的作家。在他的小说里,能看到他小时候的印记,在那些穷困潦倒、流离失所的岁月里,母亲仍然会大声为他读《远大前程》。

这个情节在不止一本书里出现,交织呼应。我因此得到很大的宽慰,原谅了自己有时在细节上的重复。

在《年轻的心在哭泣》这本小说里,有句很重要的话,是从一个不起眼的小角色的嘴里说出来的："钱的事,我从没想太多,因为我一直想要的是天分——如果有一点点我就很满足。不过,我想这两样有点像。拥有其中之一便会让你与众不同。"

我深深地相信,这其实是他本人的表达。

曾经不喜欢阅读外国文学作品的我,总认为是自己愚钝,欠缺悟性或是审美,因为很多时候我就是单纯地读不懂。那些难记的外国人名和复杂的、甜腻腻的昵称,拗口的长句子,囿于我的眼界和阅历而无法理解的不同文化背景下的人的语言和行为……而这些我在阅读外国文学作品时的水土不服,都在耶茨的小说世界里迎刃而解。

他写的那些人——软弱的人,天真的人,孤独的人,失败的人,残破的人,志大才疏的人,梦想破灭的人,优柔寡断的人,出尔反尔的人——我都能看明白,并且怀有真切的同情,我终于对自己的理解能力有了一点儿信心。

读完《复活节游行》的那个凌晨,心里像被大火狠狠焚烧过,只剩下一堆灰烬,我完全明白了什么是"应该阅读那些伤害我们、捅我们一刀的书"。

和那些声名显赫、名利双收的作家不同,耶茨始终没有获得与他的才华相称的财富和名气,也许是欠缺一些运气,也许是生不逢时,但他仍然坚持写到了最后。

在波士顿的小房间里,桌上摆着打字机,墙上贴着女儿的照片,满地蟑螂。他白天写作,晚上喝酒,不断进出精神病院，生命的最后一年只能借助氧气面罩呼吸。

好在，文学终究比人生长久。

[5]

当我在五年之后回想起我的 2020 年,其实关于疫情的部分是很少,也很淡的,我个人的生活在那一年并没有受到太多影响和波及。

我想起的是自己昼夜颠倒地看书,在备忘录里认真写下我的感触。我想起那些名字,茨威格、伍尔夫、菲茨杰拉德、萧红、张爱玲、伊坂幸太郎、吉本芭娜娜,当然还有伟大的托尔斯泰……我感到踏实。

想起我开车去顺义的山姆采购食物。蔬菜区大部分的绿叶蔬菜都被抢完,剩下很多不受欢迎的红菜薹,我买了很多,天天吃。

想起空荡荡的四环,道路尽头的落日像一块充分燃烧的炭。

最爱的那部美剧在这一年完结了。

《魔戒》《霍比特人》我看了又看,每一幕都几乎能背下来却还是看不腻。跟朋友打电话时,我说:"我原计划 2020 年去新西兰巡礼霍比特村的,签证都办完了,早知道还不如省点儿钱呢。"

失眠的凌晨,我站在窗边看早起的环卫工人在清扫街道。

到了夏天,"空空"终于在我心里有了确凿的面目和清晰的故事。我想起那一整个文件夹里,用各种颜色的中性笔写的手稿和右手中指上厚厚的茧。

小说写完之后,我回了一趟湖南,和妈妈一起去给奶奶扫墓。

和我关系最好的闺密,跟失联多年的前男友久别重逢——就是曾经和她在街边吵架的那个。她告诉我,他们要重新在一起。

人生的故事,伏笔回收竟以十年计。我不知道说什么,只觉得命运峰回路转,翻云覆雨,从前有些错失也许另有深意。

《此时不必问去哪里》的签售会,占据了从10月到12月的每个周末。欢子和小月几乎跟我一起跑完了全程。读者们戴着口罩跟我讲,舟姐,好久不见。

我想起,就是在这一年某个读《安娜·卡列尼娜》的夜里,我感到家里实在太安静了,那是托尔斯泰也没能接住我下坠灵魂的时刻。

在这种近乎窒息的寂静里,我活了许多许多年,以前我能借着旅行冲破它,可当疫情把人摁在一个小而封闭的环境里时，它就有点儿过于重且大了。

  我第一次认真思考并预备付诸行动——那是一件也许我早就该做的事情：养一只猫。

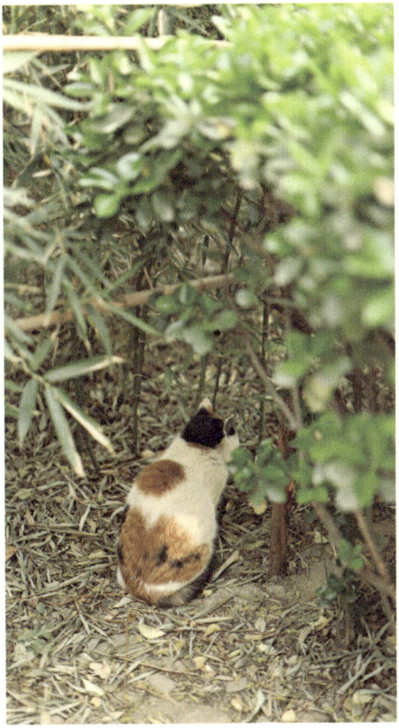

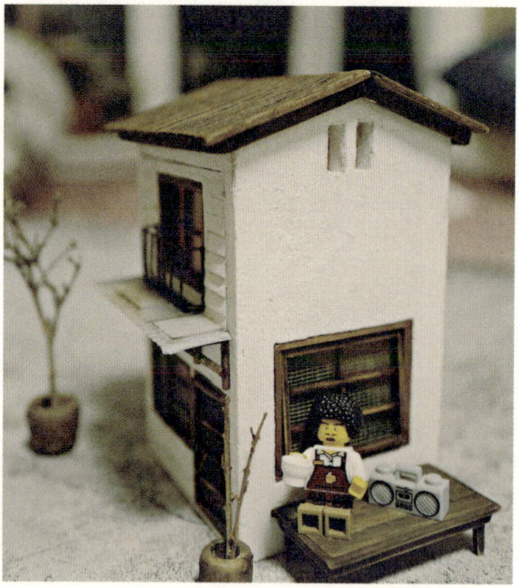

95

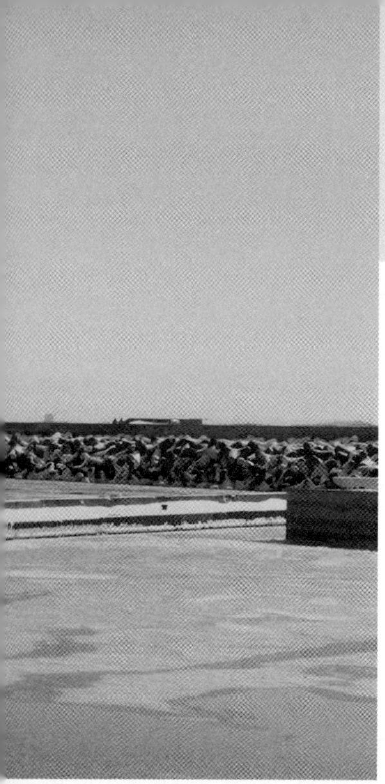

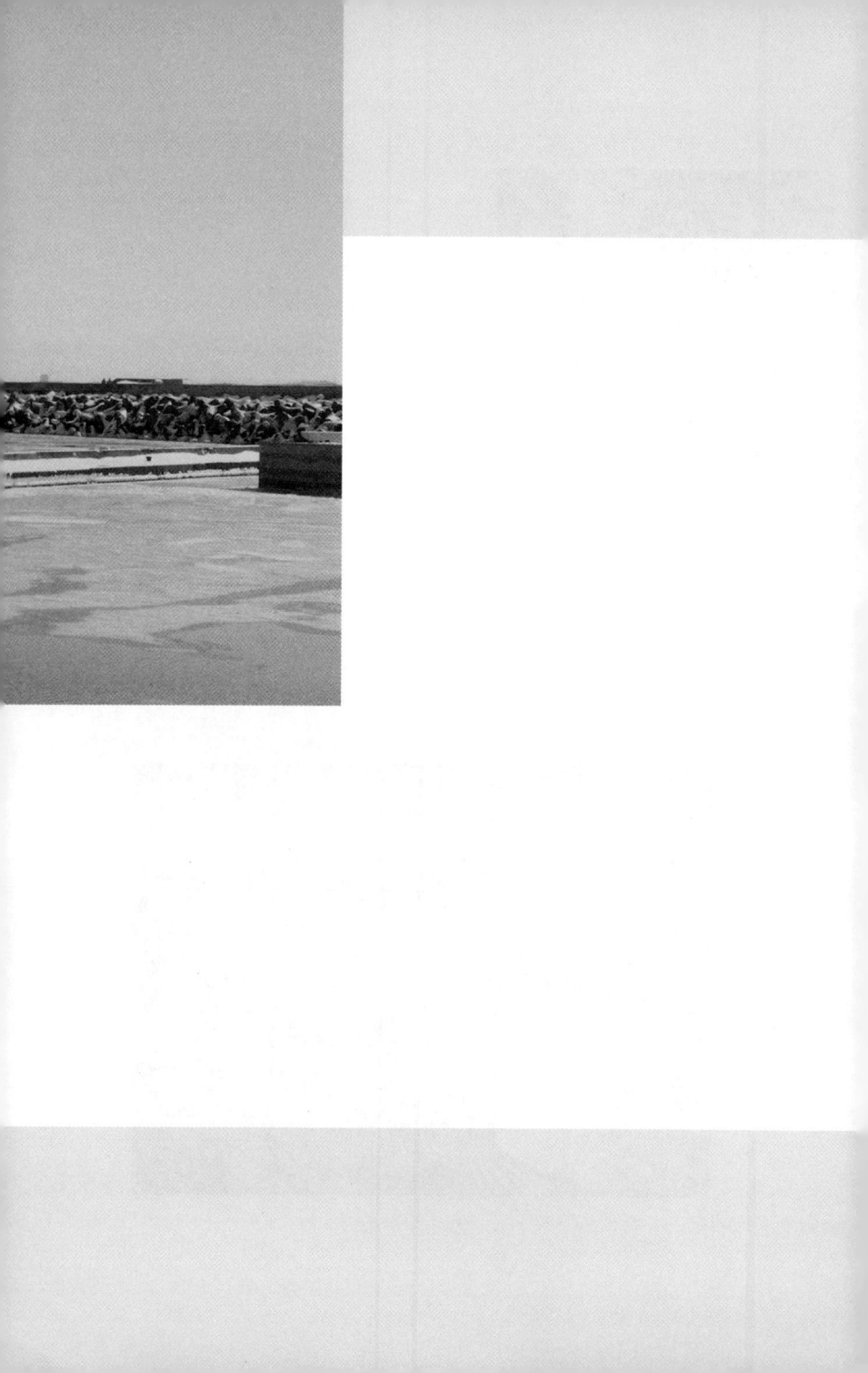

在岛
彼岸

她
快乐

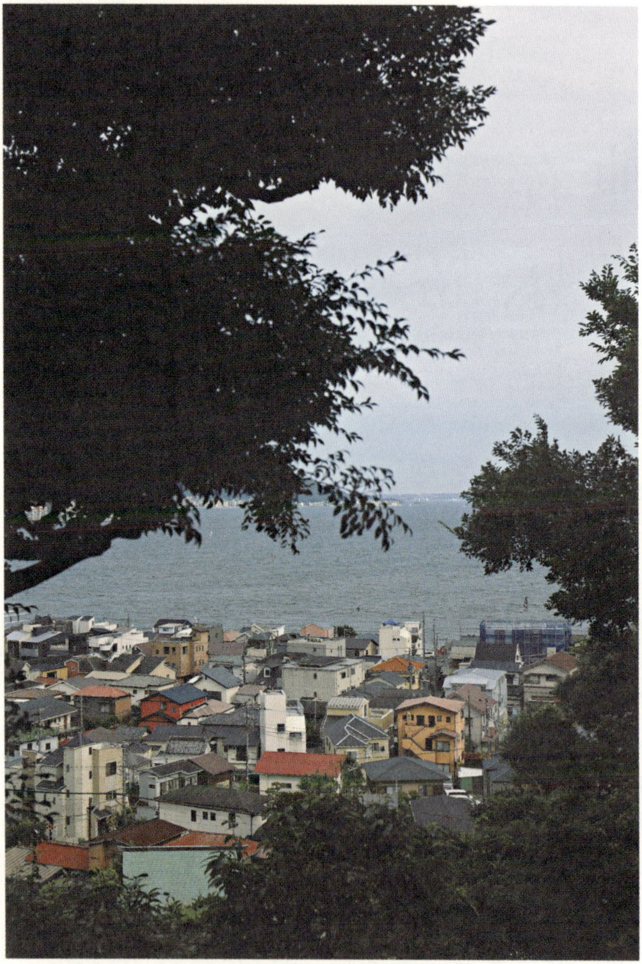

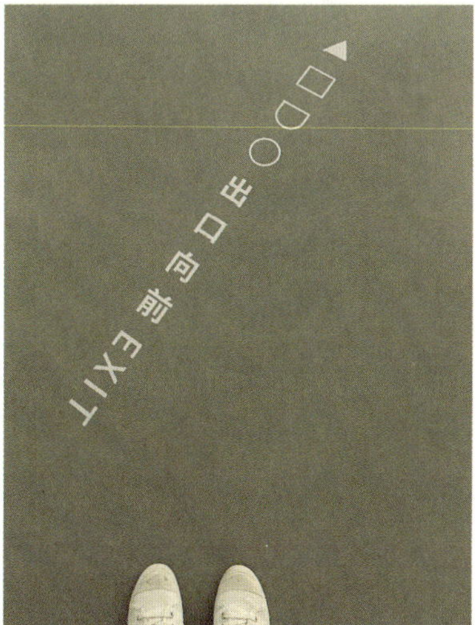
出口向前 EXIT

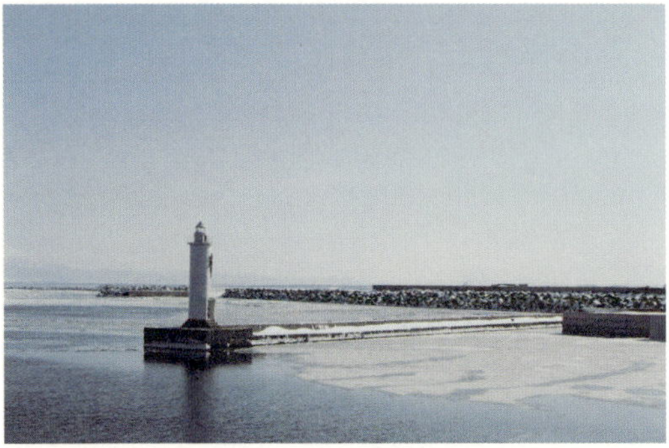

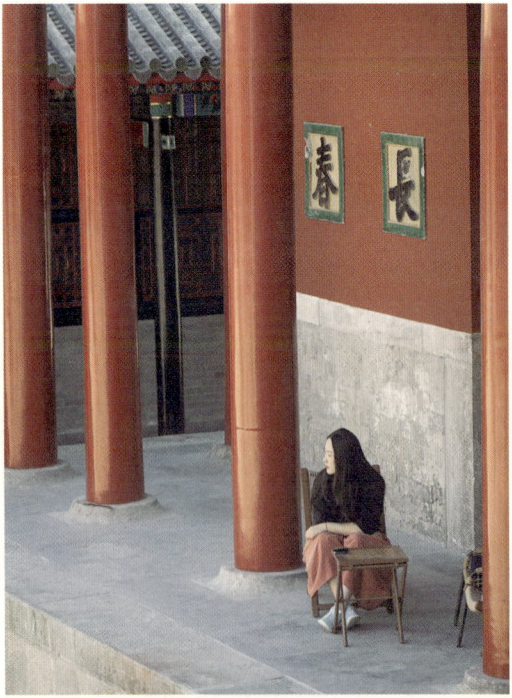
春
長

[1]

2023年的8月,在比利时留学的喜悦回国过暑假,要在上海的朋友家住十来天。她在微信上问我:"舟舟,方不方便给我一个收件地址,有张明信片要寄给你,我没研究明白跨国邮寄,所以背回来快递给你。"

她生于1999年,刚好比我小一轮,我们都属兔。留学前她在一个香水品牌公司短暂工作过。我们因一次小小的合作认识,算不得很熟悉,也很少聊天。

我只有一次主动联系过她。

当时我救了一只不比我的拳头大多少的小橘猫,将它送医体检,确认健康后,我开始找人领养。经历了一圈亲近朋友们的婉拒,我不得不克服社恐,给每一个在北京的比较熟或不熟的朋友发微信:"你好,请问你有没有养小猫的计划呀?没有的话,能不能麻烦你帮忙问问身边的朋友呢?"

喜悦也是收到消息的人之一,彼时恰逢她出国前夕,有心无力,但也还是尽量帮我问询了其他朋友,并建议我发公众号试试。

小橘猫后来被一位丰台的姐姐收养,而喜悦和我在此后一年多的时间里也没再交谈过。收到她的微信时,我其实很惊讶,但还是把家里地址给了她。

过了两天，我收到了一封薄薄的快递信封，里面只有一张写得密密麻麻的明信片。背面是比利时漫画《丁丁历险记》的图案，翻过来，是她留学生活的点滴心情，有新鲜感，也有茫然和无力感。

我的目光久久停留在开头那句话：舟，我一直想对你说，谢谢你愿意为小猫流泪。

为那些卑微弱小、被伤害、被虐待而不能言语的小生命流泪，对于许许多多善良的人是再寻常不过的事，而对于我来说，东宝是一切的起点。

它是我共情世间所有被侮辱与被损害的个体的桥梁。

我在2020年动了养猫的心思，却并没有很快行动。我要把这个念头晾一晾，搞清楚自己究竟是三分钟热度，还是真的已经做好了承担一只小猫生老病死的准备。

我告诉自己，这不是心血来潮的玩笑，而是一份沉重的责任。

没有养过小动物的我，花了大半年的时间做功课，看的都是科普类的资料和劝退案例，认真了解和猫相关的知识：它们的习性、禁忌、科学饮食、常见病症，它们在家养生活中可能给人带来的麻烦和压力，可能造成的破坏和损失。

我绕开了短视频里那些软萌可爱的网红小猫，因为我认为那些视频在一定程度上具有欺骗性，容易让观看的人脑子一热，冲动养猫。我不希望等家里有了猫之后，矛盾才显现，而我又绝对做不出弃养之类的事情，那么到时候我一定会过得非常辛苦。

秉持着这份小心谨慎，我考虑再三，时不时问问养猫的朋友的心得和经验，等到心理建设彻底完成，这一年已经过去了。

思考要慢，做决定要果断。

2021年的元旦，我和东宝相遇了。

它不是那种你第一眼看到就会被吸引、被打动，不由自主夹起嗓子对它说话的小猫。当我尝试抱它的时候，它用爪爪抵挡着，毛茸茸的脑袋拼尽全力往后仰，给了我一个鲜明的拒绝的信号。在我转头去看别的更活泼热情、更愿意跟人互动的小猫时，它只是冷冷看着，也并不想争取什么。

这么冷淡沉闷的个性，我当时就知道，大概不会有人喜欢它。如果是想通过养一只宠物来治愈自己，有强烈的情感需求的人，即便能在短时间内接受它，恐怕也很难长久包容它。

我只犹豫片刻便下了决心：既然如此，就来做我的小猫吧。

它来到我身边时才三个多月大。胆小，敏感，不容易亲近。头几天晚上它总躲在沙发底下睡觉，不敢出来吃饭喝水。半夜我忍着腰痛，悄悄地趴在地板上观察它肚子上轻微的起伏——它那么小，那么软，那么脆弱，我好怕它突然死掉。

一点儿风吹草动都会令它不安,圆眼睛在黑暗中发着光,警惕地望着我。

我小小声对它说:"没关系,东宝,慢慢来。"

那是我一厢情愿的幻想,以为只要时间长了,它对我熟悉了,就会解除戒备,像其他朋友的小猫那样任人又亲又抱。可在后来长时间的朝夕相处中,它的性格始终跟我第一次见到它时一样,意志坚决,没有改变。

即便已经完全信任我了,它仍然不喜欢亲亲抱抱那一套。我不能说一点儿都不失望,但还是尽力尊重它的天性,由它的意愿来决定我们的相处模式。

无数次我凝视着它熟睡的样子,心里有种奇妙的感觉:在它身上,我似乎看到了我自己。

如果我是一只猫,毫无疑问就是东宝这个样子。

在我看书、写稿、用iPad看一些很老的综艺节目,或是专心拼乐高时,它总在离我不远的地方睡觉。阳光明媚的天气里,我给植物浇水,它就在一旁安静地看着,从不抓咬植物的叶片,瞳孔在明亮的光线下收缩成一条细缝。

和它一起生活,就像和我自己共处。

我们一样孤僻、冷淡、独立,喜欢安静,抗拒过度的亲密关系,不容易兴奋,也很少真正对什么东西感兴趣,我们如出一辙地不讨人喜欢。

它似乎做猫做得不太开心,好巧,我做人也是。

第一次养猫就遇到东宝，其实是我的幸运，它很省心，不捣乱，适合家居生活。

当初做功课时，我看过一些社会化训练不太成熟的小猫的案例，也听说过它们的一些调皮捣蛋的行为，例如喜欢把桌上的东西推下去，或是咬家具、抓窗帘、翻垃圾桶，因为缺乏安全感而乱尿，在人的水杯里洗爪爪……我有充足的心理准备接受这一切，并暗自发誓，绝对不会因为这些事情生气、责备或惩罚小猫，但东宝竟然奇迹般地一条也没有触犯过。

它总是很稳重、老成，甚至拥有在我看来超过了它作为动物本身的自控力。

有次我清洗完猫砂盆，在晾干时，它进去看了两三次，发现盆里是空的，就直接出来了。迟钝的我过了好一会儿才意识到，它其实是要上厕所。直到我倒入新的猫砂，它才进去尽情释放。

我感到惭愧，由衷地对它说："东宝，其实你不用这么懂事的。"

有了它之后，我心里的开关才被激活，以前从未察觉到在躯体深处有那么深沉的恻隐之心。老吾老以及人之老，幼吾幼以及人之幼，这个道理放在小猫身上也是成立的。

寒冬雨雪时，文青朋友在朋友圈里发陆游的诗："溪柴火软蛮毡暖，我与狸奴不出门。"可我会想，那些没有家的小猫呢？

我会去照料那些无家可归的小猫，最开始只是无心之举。

东宝比较挑食，我又溺爱，冻干罐头都紧着最好的牌子买，口味齐全，但大多数情况下它都只是闻一下，转头就走，决不妥协。为了不浪费这些食物，我只好用洗干净的外卖盒子装上，拿去楼下给小区的猫猫吃。

一天，两天，一个月，半年，一年，不知不觉成了每一天。我自己也没想到，后来这成了日常，我做的要比我原以为的更多、更持久。

有时我怀疑，其实东宝知道我在做什么，知道那些食物的去向，知道我除了它之外，还有一大群老老小小的猫咪朋友，知道我其实经常偷它的好东西给它的同类，知道自己和它们虽然生长在不同的环境中，却也生活在同一个人类的爱与关怀里。

或许是东宝淡漠的性格拓宽了我忍耐的边界，让我面对其他小猫时也有了一份理解和体谅。我尽量像尊重它那样尊重别的小猫，可爱的，凶悍的，亲人的，怕人的，对我有敌意的，对我充分信赖的，我都一视同仁。

年纪比较大的朋友讲，这是好事，你没有分别心。

人们常说，养小动物其实是为自己埋下一颗悲伤的种子。站在我的立场，其实我是在养一个和我相似的灵魂，只不过它寄居在小猫的身体里。

后来家里陆续多了三只小猫，天真笨拙的 FUFU，漂亮而温顺的布玛，活泼搞笑、有点儿神经质的桃包包，它们都比东宝黏人，表达感情很直接，对我的依赖性也更强，会在我痛经的时候爬到床上，蜷成一个个毛团子守着我，在松软的被子上踩奶。

长期在这样的情境下，很可能不知不觉就偏心于更乖巧的小猫，但我没有。我时时记着东宝的敏感和高自尊，绝不因为它没有对我表现出服从和讨好就忽视它、轻慢它、亏待它。

所谓的情绪价值，所谓的正反馈，归根结底是衡量特定场景下的"自我"有没有得到充分的满足和重视。我总认为，"我"越小，我看见的事物就越多，看见得越多，我的心才能容纳更多。

它的存在不断矫正我的控制欲和占有欲，警示我的不耐烦和坏脾气。

疫情防控期间，因为种种原因，我搬过三次家。

原本我的个人物品就多得要命，再加上四只猫和它们的生活用品，搬家过程自然比孑然一身时艰辛许多倍。

我的策略是，首先把除了猫猫之外的东西分批转移——我的衣服鞋子、床品、书、乐高和卡通手办、日用品和化妆品、旅行时买的各种纪念物、厨房的锅碗瓢盆、阳台上的大小植物——我是那种搬家时连半包白糖一包盐都要拿上的人。

其次是相机、电脑之类的贵重物品，必须轻拿轻放，不能假手于人。

最后,在月黑风高没有人跟我抢电梯的夜里,把猫子们骗进航空箱和背包,拎两只背两只,我们齐齐整整入住新家。

其他三只小猫茫然不觉,但东宝每次都敏锐地察觉到家里的东西越来越少。每当大纸箱和宜家的塑料袋出现时,它就会躲起来,因为这标志着我们又要挪地方了。

当我们真正到了新家,桃包包和布玛总是最先开始探索,它们是两个勇敢的、好奇心很重又有点儿粗线条的小女孩,FUFU也会在两个妹妹的感召下,很快适应陌生的环境。

只有东宝,会在窗帘后面或者床底下躲上好几个小时,忍受着饥饿,对我的鼓励充耳不闻。

到了后半夜,它才会悄无声息地爬出来,找到我,委屈巴巴地"喵"上两声,表达它的困惑和不解:为什么我们又换地方住了呢?

或许是因为搬家太累了,有次我坐在还没有收拾完的一片狼藉中,控制不住地哭了起来。明明房东只是正常出售资产,又不是故意欺负我,也不是存心要让我的生活翻天覆地,可心里就是有一种强烈的屈辱感挥之不去。我觉得是自己没用,连带着小猫们一同受苦。

东宝趴在地上看着我,我以为经常在网上看到的那种事就要发生了,不是常听说,小猫会在人悲伤的时候安慰人,来帮人舔眼泪什么的？但它只是趴着，趴着，慢慢睡着了。

或许，在克服生活动荡所造成的心力交瘁这件事上，它并不比我轻松。

它让我想起小时候不断转学的经历，没有人认真解答过我童年的疑问，没有人来承担保护者的角色。在那些孤单的岁月里，自卑而封闭的我，总觉得作为转校生无法融入集体，无法交到朋友，在哪里我都是"新来的"，在哪里我都没有自己的领地。

搬家后的第一夜，东宝通常都紧张得睡不着觉。它不睡，我也不睡，尽管搬家已经令我精疲力竭，还是会找本书或者找个动画片看，陪着它一起度过。

我们不是从属关系，我从未将它们看作"宠物"，而是当作共同生活的伙伴。我是人，我能做的事更多，那我就应该承担更多。

等到日出时分，我们一起爬到飘窗上，朝着东边默默地看朝阳升起，这一刻是只属于我和东宝的默契，这份默契里没有其他小猫的位置。

疫情结束后，经常有朋友问："现在又可以到处去旅行了，你怎么不爱出门了呢？"

在这样的时刻，我体会到了一种类似于"母职惩罚"的东西，或者说，我就是体会到了它本身。我也终于从设想分离所带来的焦虑和不安中确定了，早年间我没有养任何小动物是多么正确。

因为，我真真正正是这么不洒脱的人，容易担心，瞻前顾后。

我相信，即使我飞到地球的另一边，全部的心思也还是和家里的小猫们在一起。从养猫的第一天起，我就再也没有"一间只属于自己的房间"，我的房门永远为小猫敞开。

这就是"爱"最核心的部分：无我。看起来太卑微，很愚蠢，不划算，我不得不认识到，某种意义上，爱的背面是惩罚。

在过去的人生岁月里，我不曾这样不计得失地去爱另一个生命体，不期待它有同等甚至更多的回馈，仅仅希望它健康，在我身边感到安全、松弛，不为任何事忧愁。如果说还能有再多一点儿奢望，那就是命运多给我们一些时间陪伴彼此，分别的那一天迟点儿来。

我当然失去了很大程度的自由，但这是我自愿的放弃和割舍，因为我已经明白这件事：没有付出过代价的爱，是没有重量的。

如果有且只有一次机会，能用语言和小猫交流，我只想问：我有什么地方做得不够好吗？我还能为你做更多吗？

对四只小猫我都只有同样的问题，但是……

东宝呀，东宝。

[2]

这篇友人记写于2023年11月。在一个周五的晚上，发在我的公众号上。

我原以为，周五的晚上是一个阅读的好时机，经过一周的辛苦工作，在最闲适轻松的夜晚，大家会耐心看看这篇认真写的随笔。却忽略了周五的晚上是整个星期当中最珍贵的黄金时段，应该用在朋友聚会、情侣约会、家庭聚餐这些有价值、有温度的事情上。

浏览量诚实地反映出我判断失误。

起初，我是按照从前做杂志的思维，计划出一个固定的、非虚构的新栏目，好好写写我认识的、我熟悉的、在我的人生里或深或浅留下过记忆和痕迹的女朋友们。

我兴致勃勃、满怀信心地认为，以我对女性朋友的观察和理解，这个新系列应该会写得很不错。而且凭着对我的信任，她们应该没有一个人会不同意。

第一篇发出之后，有几个关系很好的女朋友和妹妹发消息问我：什么时候采访我？我已经准备好了！

但那时我已经在写《她穿过了暴雨》。小说创作需要全神贯注，也需要与作者的现实生活隔绝。如果两件事非要一起做，我的精力和心力并不足以支撑。

于是这个栏目就被搁置了,孤零零的一篇,读过的人不多,下一篇也不知道是什么时候。等到写完《她穿过了暴雨》,我的热情和表达欲也吐露干净,再想起来,只感到意兴阑珊,没有动力再写下去。

可我始终记得,这唯一的一篇我是很用心写的,态度认真不输于对待书稿。因为与主题契合,所以收在"她在快乐岛彼岸"中,并有所修改。

上周 A 找我聊点儿工作上的事,定好时间之后她发来一家餐厅的地址,问我:"你知道这家吗?我们去吃个 brunch 怎么样?"

我不仅知道这家餐厅,而且非常熟悉。2014 年刚来北京时我住在它附近,算是常客,那段时间几乎所有的公众号推文都是在这家餐厅的二楼写的。

后来我从这边搬走,越搬,离得越远。随着年纪增长,也少了几分闲情,懒得再独自去吃 brunch,公众号也不怎么写了。两者之间其实没有因果关系,但我又觉得它们具有某种相似。

有个许久没聊天的,比我大几岁的女朋友在微信上问候我近况,我问她:"回老家之后快乐吗?"

她坦诚地说:"毫不,以后应该也很难。每天做做饭,遛遛狗,看看电视,以后几十年也会是这样。"

简短的对话给了我很大的触动。

人生既怕没有参照，又怕有特别具体的参照——没有的话，你只能在飘浮感中想象未来，对于悲观的人来说，这多少有点儿沮丧，因为我们总是无法想象美好。但如果有参照，那就更悲凉，你会知道，原来活到某个年纪的时候，人生不过是这样。

不久前我也认真审视了自己的生活，和这个女朋友所描述的似乎没有区别：养猫，写小说，打扫卫生，做饭，炖汤，剪掉植物的老叶子，看书，看以前的剧和综艺节目，《康熙来了》已经停播那么久，我还是看得津津有味……往后我好像将一直这样下去。

大概就是在那个时刻，我发觉自己这些小清新的碎碎念太多了，而我通过各种方式认识的这些女性朋友，我却好像没有认真写过她们的故事，她们的人生。

我在《她穿过了暴雨》的后记中写道："我顺着她们的故事脉络一路写下来，塑造她们，磨砺她们，不断修改每个段落，在茫茫的词汇海洋中寻找那个能够斩钉截铁作为结论的词语。我终于意识到，人是痛苦的载体，只有'人'才能打动'人'。"

既然可以这样写小说，为什么不能这样写身边的人呢？

我们在失眠的夜里聊天，在失意的时候互相开解，彼此宽慰，尽力给予对方支持和鼓励。尽管条件不同，际遇各异，但一定有些感受和经验是相通的。

如果能有所启迪那是最好，如果没有，我认为书写这个动作本身也有价值。

于是我在一个刮大风的上午给A打电话，说我有一个新的小小的想法，可能要花些时间，要很认真地做，会不会被大家喜欢，我也没把握。

手机那端信号不稳定，风又大，她的声音断断续续。随后我才知道，她当时正抱着一堆衣服去干洗店，夏天购买的洗衣套餐，到冬天还没用完。

她一边跟店员沟通送洗事宜，一边听我阐述这个还远远不够成熟的计划，时不时地给我一点儿反馈和鼓励："你先写，最重要的是先动起来，很多人都是计划太多，行动力太少。"

最后她问我："第一个要写谁呢？"

我说："就是你呀。"

我们第一次见面是在高铁站。

我先到站，等了一会儿，她和另一个女生结伴出现，在出站口张望了半天，一脸找人的神情。我在不远处打量了她们一会儿，A穿着粉色的西装外套，平底鞋，打扮得很干练，叽叽喳喳说着话，又分明是活泼外向的性子。

我们出现在那里都是为了工作，我例行出差，她临时受命，去接手差点儿被别人搞砸的事。

从车站到酒店的路上，她迅速跟我解释了之前的状况，又简单明快地对接下来的事项安排做了总结，这些杂乱零散的信息汇聚成一种让人镇静的力量，让我感觉到，只要她在场，就不会发生失控的情况。

和口无遮拦的我相比，她显然沉稳得多。在我抱怨的时候，她只是笑嘻嘻听着，既不反驳，也不附和，偶尔问一两句，也只针对事，不针对人。

我倒不认为那是出于什么城府，大概只是因为当时我们彼此还不够熟悉。

交浅言深是职场的忌讳，她是明白的，但我没有在那样的环境中历练过，总掌握不好分寸和尺度，与人结交只凭直觉。和A认识的时候，我也是出于直觉，猜想我们应该可以成为朋友。

之后比较长的一段时间里，我们总一起工作，密集地出差，在这个过程中快速熟悉起来。

出差有一点儿像旅行，二者都是跳出既定的生活框架，脱离日常的生活规律，进入一个全新的空间。出差又完全不像旅行——旅行剥离了人的社会属性，你以自己最原始的面貌与世界坦诚相见，但出差是工作场景的延展，复杂的人际关系，琐碎事项的对接与确认，桩桩件件，如影随形。

我们一起面对过很多棘手的问题，大多数时候我的状态是暴怒且无能，少数时候则是破罐子破摔。她却表现出了令我汗颜的冷静和理智，不跟人吵架，尽量不起冲突，也不灰心消极，而是以一种大家都能接受的方式去沟通，态度强硬但语气温软，四两拨千斤一般将自己真正的意愿裹藏在玩笑的话语里。

某次因为航班取消,为了不耽误后续行程,我们俩临时决定,坐绿皮火车去下一座城市。

原本是苦哈哈的差事,但我们自娱自乐,在卧铺包间里演起了小剧场。她演乘务员,给我的床位铺上一次性床单,我演外卖骑手,拎着中午打包的剩菜,伸着头在门口问:"是您点的餐吗?"

我一直很喜欢这种无聊的游戏,但几乎所有的好朋友都不会配合我,要么觉得好丢脸,要么说我是神经病,但她陪我演得很起劲。我很久之后才知道,原来她前任和我有同样的喜好,不过她当时没有说。

总之,从最初那些时刻看起来,她机敏,开朗,擅长变通,有幽默感,也很自信。你很难想象她也经历过什么重大的挫败或是自我怀疑。

关于她的隐私,我完全是被动知道的。

那是一个私密的空间,但也是一个工作场合,几个熟的不熟的人一起吃工作餐,聊着一些场面话作为基本社交,很自然也聊到了情感问题,猝不及防间,A 的一位好友突然对我说:"她离婚了呀,你不知道吗?"

接下来的那一分钟,似乎连空气都冻结了,充满非言语能形容的尴尬。

其他人面面相觑,又低下头看自己的食物。没人接话,那句话就悬在那里,好像产生了回声。过了半天,一个年长些的姐姐打破沉默,轻描淡写地说了句"呀,我也是过来人",将话题岔开,我们顺势聊起了别的,都假装没注意到 A 的眼泪流了下来。

我猜想,那眼泪和婚姻本身毫无关系,是一种成分复杂的羞耻感。是在那个瞬间,被人与人之间没来由的恶意重重撞击而产生的钝痛。

我们在很久之后简短地谈论过那件事,她依然困惑,说自己也不明白为什么。

既不明白好友为什么对不熟的人揭开她的隐私,也不明白自己为什么哭。

从她对前任的描述中,我能勾勒出一个大致的画像,那是个"蛮好玩"的人,但玩心过重,渐渐也就失去了对规则的敬畏。她说,在这之后也有过几次机会发展新的感情,但最终都无疾而终。

"慢慢地,我也不想那些了,好好工作,好好搞钱吧。"

"我想要的是清爽干脆的情感关系,如果有一点儿不对劲,我就会马上抽身,不会再像以前那样,为对方找开脱的理由,反过来内耗自己。"

其实我一直觉得,亲密关系也和工作一样,是有经验可以总结的,记住这些经验,大概率能避免再次踏入相似的境地。但最后我们又都承认,一切的"明知不可为"在某个特定的人面前都是空谈和徒劳。

幸而在漫长的一生中,特定的人出现的概率是那样微乎其微，胸膛里的这颗心哪怕只碎过一次，也依然获得了某种免疫力。

她后来在工作方面还算顺遂，对生活也有了更多的自主权和掌控力。我始终用最初的心态和方式与她相处，但我不能不注意到，随着身份的变化和压力的增加，她对待同事和下属都比以前更严格，或许在我看不到的地方，她对待自己也一样。

虽然变得更忙碌，却也不敢丢掉阅读的习惯，我们说起自己最近读的书，她感触最深的是《把自己作为方法》和《多谈谈问题》。

"为什么会说听过很多道理，却还是过不好这一生？那是因为道理只是金句，如果不能从自身出发，充分了解自己的优势和欠缺，学以致用，知行合一，再好听的道理都不过是话术。"

她也养猫，胖胖的，很可爱。性格像她，胆大不怯生，跟第一次来家里的陌生人也能玩半天。

好像我们这些独自在外地生活的人，最后都会养一只或者多只小动物。

"我和你不一样，我没你那么细致。"她说，"我养猫，就像小时候我妈对我那样……她每天早上就给我一块钱，让我去买早餐。"

"你也给你的猫一块钱去买东西吃吗？"

玩笑归玩笑，我当然明白她的意思。

我们在刮大风那天见了面，使馆区附近的餐厅，一盘只有两片烤三文鱼的沙拉卖六十元，贵得令人咋舌。

明亮的玻璃门外，植物被风刮得东倒西歪，枝干不够粗壮的树也一副快要被连根拔起的姿态，目光所及是北方的冬天才有的凛冽和萧索。

我们都是南方人，来北京都是为了挣得某种稍微接近理想状态的生活。

我们聊到了春节的事。

她说："以前看别人过年不回家，去这里玩去那里玩，我觉得很酷，希望自己也能这样度过假期，我也确实这样做了。但这几年我感到有些东西发生了变化，长辈没有要求我一定回去过年，但他们会将自己的想象投射在你身上。在他们的想象中是没有度假这个选项的，他们只会觉得你在外面受苦，忙得连过年都没有时间回家。"

"没有人强迫我，是我自己需要这种热闹，需要这种团聚。"她说这句话的时候，眼神里有我难得看见的坚决。

因为某些个人原因——就当是童年阴影吧，我从小就对"团聚"这件事很冷感，甚至恐惧。但在和她的交谈中，我模模糊糊了解了这件事意味着什么：无论你多努力地从生活和工作中攫取你所需的养分，但在北京这样的城市，你始终摆脱不了漂泊感，你始终无法忘记自己是异乡人。

家乡不是抽象的名词,它是具象的,生动的,温暖的。是像毛细血管一样的街道,你知道要去哪里买水果,要去哪里修手机,那里有你非阶段性的朋友,有你们一起度过的岁月,她们知道你的雷区和禁忌,不会在你没有防备的时候,向别人揭开你不愿触及的创口和隐秘心事。

读古尔纳的《赞美沉默》时,我写过这样的读书笔记:是故乡的异乡客,也是异乡的流亡者,是文化与情感的双重难民,一个无论在哪里都没有归属感的异类,过着一种似是而非的生活。

我扦插过一盆观叶植物给她。不需要太精心养护的乔木,叶片柔软清新,只要摆在阳光充裕的地方,适量浇水,就能不死。

我们都有点儿像这种植物。

从某种意义上说,我和 A 都在通过不同的方式试炼自己,探寻着属于自己的人生路径。我们怀着对人生的喜忧参半,爱恨交织,试图在各种具体事件与抽象情绪混杂而成的网中锚定一个点,从而确定自己在这个世界上最准确的坐标。

[3]

多年以来，借由文字搭建的通道，我认识了许多比自己年纪小的女孩。通过与她们的交往与交流，通过聆听发生在她们身上的喜怒哀乐，我得以持续观察"年轻人的世界"。

她们之中有一些人，在某个时间段里和我短暂地成为朋友。随着自身年龄的增长，生活重心的转移，或许还夹杂着彼此不方便道破的失望，我们的联系渐渐减少，最后也就成了通讯录里一个删不删除都没有区别的名字。

人和人的关系中有一条很少被意识到，即便意识到了也很少能坦率承认的隐形规则：熟悉会增长轻视。

有些人只有在幻想中才是干净的，只有隔着距离欣赏才是美好的。靠得近了，幻象破灭，真相显形，那些本就是臆想出来的东西——神性或是权威性，轻易就土崩瓦解。

不过，我觉得，这条隐形规则并不适用于我和阿猪之间。

她一直叫我"姐姐"，或是更简洁的"姐"，很亲切，也温柔。

2024年的2月，情人节过后的几天，我在朋友圈里发了这段文字：

今天我拖着病躯去和两年没见的妹妹吃午饭。我一直咳嗽，流鼻涕，我们连张合影都没拍，只留下了这张有点儿好笑的烤鸭照片。

分开的时候她很潇洒，我回了两次头，看着她高高瘦瘦的身影消失在扶梯后头，心里千头万绪，又觉得要沤一沤才成文章。

疫情的第二年，我们一起度过了一个郁闷却也充实的夏天。

次年她返回澳洲继续念书，隔着时差，我们聊天的次数逐渐少了。去年春天，我收到她托朋友辗转送到的作为生日礼物的裙子，今年又带了新衬衣给我，让我签售时穿，点点滴滴，弥足珍贵。

不过，最难忘的还是我的抖音账号从零开始的那段时间，我们像两个完全不通水性的人在陌生水域里挣扎求生。于她不过是被疫情耽误的一个暑假，于我却是一段极其艰难的新征程。我要感谢她在那个时候陪伴我，宽慰我，支撑着我薄弱的信心，听我讲无聊的笑话和别人的坏话，个中意义，非言语文字所能表达。

配图是一张烤鸭照片，跟我平时吃的那些平民烤鸭不一样，它华丽中透着荒诞，荒诞里埋伏着幽默。

高级餐厅的鱼子酱烤鸭，盛放它的食器是一只像首饰盒的木头宝箱。最上层是盖子，底下有两扇小柜门，再里面是两层袖珍的抽屉。上层抽屉摆着规规整整的鸭肉，下层抽屉又一分为二，一边是甜面酱和白糖，另一边是均匀分布的山楂条、葱丝、黄瓜条和蜜瓜条。

我清楚地记得，当餐厅服务员把这只宝箱端上桌，戴上白手套，动作轻盈利落地打开它，同时微笑着向我们介绍这道菜时，我遏制不住地笑出声来，觉得这一幕太夸张，太戏剧化。

当我看到菜单上这份烤鸭的价格时，又忍不住惊慌起来，骂阿猪道："你疯啦？"

她笑了一下，说："好久没和你吃饭了，想请姐姐吃点儿好吃的。"

"普通的烤鸭就很好吃！"

"没关系啦，这个更好吃！"

在国贸五楼的餐厅，她特意订的位子，靠窗，视野良好，能看到车辆川流不息的三环。我在这样的就餐环境里多少有点儿不自在，但想到下一次和她同桌吃饭还不知道是何年何月，心底又泛起一点点潮湿。

饭后我们找了家咖啡馆坐着，我这才从随身的纸袋里拿出一本《她穿过了暴雨》给她。

我有点儿不好意思——人家请我吃那么贵的东西，我却只带了一本自己的书送给她。可她接过书，表现得十分捧场，"哇"了好几声，翻开发现没有签名，又去找咖啡店的店员要马克笔。

那支笔的油墨几乎已经干了，我用了很大的力气写上：

TO 阿猪，我永远的工友。

让时间倒回到 2021 年的夏天，我三十岁之后的最后一个"暑假"。

阿猪在 2019 年冬天从南半球回来过假期，原本只打算待两三周，所以连衣服都没带多少。出于众所周知的原因，她的返程计划被打断。接下来的一年，在意识到一时半会儿回不去学校后，她很快调整好了心态，给自己安排了很多有意思的事情——搞搞学习，偶尔陪妈妈看中医，跟闺密朋友短途旅行，还抽空去参加了好几座城市的我的签售，和另外几个妹妹一起在线下当志愿者，也在线上的读者群里当管理员，解答一些与活动相关的问题。

到我们真正熟悉起来，已经是 2021 年。

德勤刚好有个实习的机会，她觉得在家闲着也是浪费时间，不如趁机去北京待一段时间，体验一下职场，至于未来的事就等未来再看。

彼时我刚经历完疫情中的第一次搬家，扔了很多东西，花了不少钱，经济压力一下子大了起来。但我身心俱疲，也没有想好下一本书的主题和内容，处于茫然和焦虑的叠加状态。

有几个关心我的好朋友劝我认真做自媒体，他们说"现在人人都在玩抖音，听说做得好的一天能赚几百万，你也做呀"，我不知道说什么，经常无奈地笑出来。

我不是笑"一天能赚几百万"，我是笑后面那句"你也做呀"。

在我这种胆小鬼的眼里，世界没有这么简单，成功也没有这么简单。

他们看不下去我天天在家撸猫养花，无欲无求像个退休老人，又时常后半夜在朋友圈里发些阴郁的文字，便将我介绍给一些从事相关行业的朋友，也组过几次我回想起来其实气氛很尴尬的局。

有时是在线上，大家拉一个群，煞有介事地开视频会议。有时是在线下，找一家咖啡馆或者轻食餐厅，面对面坐着。

那些朋友的朋友，熟人的熟人，拿着他们手里那些成功案例，或是别的公司和机构孵化出来的优质博主，对着我的资料侃侃而谈。

他们要么老气横秋："你签给我们，××时间内，我们能给你做到×××""我们研究过了，你可以做××博主，也可以做××和××，这几个垂域都很适合你"；要么就是开门见山地拒绝："你现在开始已经晚了，我们也不太擅长做你这个领域，不好意思啊！"

人的自尊其实经不起太多这样的摔打和磋磨。

面对这些陌生人和陌生的状况，我总是高度紧张，很少说话。沉默的态度看起来像是一种诚恳的谦卑，脑海里时不时浮现盖茨比说黛西的句子：她的声音里充满了金钱。

我并非傲慢，也不是不理解朋友们的好意，更不是对这些苦心不领情。但如果你在具有社会属性的人际关系里只能处于一个被审视、被评价和被挑选的位置,一定也很难高兴得起来。

在那些进退失据的夜里,往昔的自卑感全都回来了。

偶尔,我会想起以前喜欢的人说"你总是太在意自己的感受,这是你性格中珍贵的东西,但也是你的阻力"。

也许真是旁观者清。

在那个时候,我心灰意冷,有点儿想写小说,给名叫楚格的妹妹发微信问:"我下本书的女主角能不能用你的名字?"

在草稿本上写下一个标题——"她在快乐岛彼岸",想用作小说名,哪怕知道大概率不会被通过。它与我当时的心境息息相通:好运像高原的空气一样稀薄,灰暗里不见希望。

我断绝了那些无意义的社交,他们也迅速对不识抬举的我失去了兴趣。

阿猪的到来在某种意义上打破了僵局,将我从情绪的黑洞里拽出来。她代表的是我过去很多年所做的事情,所坚持的事情凝聚而成的意义,让我觉得自己还不至于那么糟糕,那么不堪一击。

借着她饱满的热情和充沛的能量,我慢慢从低谷中抬起头。

她实习的地方在国贸，离我家只有二十多分钟的车程。我经常去找她吃饭，或者等她下班了来找我，在小区门口等着她，然后我们再开车去别的地方找东西吃。

她二十三四岁的年纪，一米七多的个子，既白且瘦，聪明机敏，讲话有一点儿冷幽默。家境优渥，一直在念书，还没经受过所谓的现实的毒打，常常背着一只容量很大的托特包，见到我总是开开心心的活泼模样。

她就是那种会让人感叹，确实是有"命好"这回事的小孩。

有次我问她："猪，你有什么真正喜欢做的事情吗？"

她过了一天才想清楚，下次见面时，郑重地说："姐，你不是问我喜欢什么吗？我喜欢学习。"

可能是我们的年龄差太大，也可能是我们本就不在同温层，对于我们大人来说，这个问题的答案通常都是"喜欢搞钱"。

她的回答让我有点儿感动。

我猜想，在阿猪这样的小孩看来，我的人生大概已经惨败了，所以也不必粉饰什么。

不管她是否能听明白其中的弯弯绕绕，我非常不成熟地、一个细节也不肯遗漏地向她倾诉在别人那里受到的打击和否定，转述那些不怎么友善的评价给她听，说起他们展示的案例，那些已经在短视频平台坐拥上百万粉丝的博主，他们说"这就是你要对标的账号,你要学习的对象"。

我说得太多了,配合着讲话还翻了很多白眼,像是回到了二十来岁的时候,跟闺密一起讲我们共同讨厌的人的坏话。但现实时间线里的我的闺密,早就没空听我吐槽或抱怨了。

阿猪歪着头(像我家的小猫一样)一边听,一边拿出手机搜那些名字,浏览他们的主页。

过了一会儿,她说:"我不懂短视频这些东西,但我觉得这不是一回事。"

她说:"姐,你是女作家呀。"

这句话令我词穷。

不知道是因为什么,在最炎热的季节,冷静和理智回到了我的身体。她的声音和话语好像唤起某些久远的记忆,过时的、缓慢的、不属于这个年代的那种东西。

她身上有种不太拿困难当回事的明快和果决,我当然不能否认,其中有一部分原因来自良好的经济状况,但我相信更多还是源于天性。

既然是从零开始,那也没什么可失去的,尽情试错吧——她用这样的逻辑说服了我,也抚平了我隐秘的焦虑和浮躁。

我注册了账号,她用闲暇时间陪我拍素材。毫无情节设计,完全不讲方法,走到哪里都乱拍一通,同样的场景、同样的角度要按几十下快门。我们一点儿也没有学习或参考那些已经验证过并取得成功的案例，更没有摸索出独树一帜的风格。

我们不得要领，也没有"运营"思维，纯粹就是胡来。

我们去公园和花市，去商场和烤肉店，去咖啡馆，去手工巧克力坊体验DIY，花了几百块钱做出一盒难看得要命的星空巧克力，被她拿回家吃掉了。

这些努力也不全是徒劳，的确有一些对我感情很深的读者知道我在新平台更新后过来关注。阿猪认为这样愚公移山的方式还是太慢了，她听说了"投流"的重要性，也没有和我商量，自己默默花钱投，等我发现的时候，那已经不是一笔小钱。

虽然我们从来没有说穿，但我模模糊糊察觉出，她在知道那些事情的时候心里是很生气的，有句话呼之欲出：那些人怎么可以这样说你。

我知道，虽然自我怀疑无可避免，但她不希望我因为别人的声音而怀疑自己。

就像世界上很多事一样——不能说你没有尝试过，也不能说你没有尽力，但结果往往和意愿背道而驰。

事情还没什么起色，她的实习就要结束了。

我们约好要再吃一顿晚饭作为告别。我提前去餐厅等她，心里有种暑假最后一天的落寞和伤感，但我没有流露出来。以她的年龄和经历来说，相聚离别都是随心所欲的事，不应该搞得太沉重，尽管我自己在二十三四岁时经常为了分离而流泪。

"姐姐，你要开心啊。"分开的时候，她这样对我说。

那一天，我向生活借来的暑假也结束了。我不得不回到成年人的世界里，重新面对那些我可能永远也不能真正明白、真正领悟的事。

她返回澳洲继续读书之后，我以为我们之间会像我跟很多人一样，渐行渐远渐无书。我也想过，即便真是如此，我也不该有什么遗憾，毕竟这是人世间最常见的故事模板。

可是接下来的两三年时间，她给我的礼物，不断以各种各样的方式到达我的手中。有时是她自己回国旅行顺便寄给我，有时是托回国的朋友转寄给我。有时是我生日，有时是节日，有时单纯只是她所说的"寄托了我对你的思念""我吃了这个觉得很好吃，想让你也尝尝"或者是"我在这家买衣服，也给你拿了一件"。

虽然没机会再参加我的签售会，却还是送了昂贵的漂亮衬衣让我在签售会上穿，好像这样我们就还是在一起的。

她总是轻描淡写，似乎那些心意只是顺便的事，不值一提。越是如此，我越惭愧、惶恐，内心时时感慨，我何德何能。

不知道多少次，我对她说："猪，谢谢，你破费了。"

而她会以一种轻盈而巧妙的方式，躲开这种正式的、真情实感的道谢，回我一句："您的满意，我的追求！"

她为我做了那么多,我却无以回报。

随着她的学业繁重和我的工作繁忙,再加上时差,我们很少再像疫情防控期间那样花大量的时间在微信上闲谈。我也不可能再像从前一样,幼稚地向她倾诉我的种种烦恼和困境。大部分情况下,我只是通过她发在朋友圈里的旅行照片和定位,猜测她的现状。

她在哪里?她健康快乐吗?

我偶尔给她点个赞,留一条简短的评论,更多的时候我什么也不说。

在我认识的所有女孩子里,她算是相当顺遂的那一个,有清晰的目标,也有与目标相匹配的执行力,但我知道,她绝不可能是无忧无虑的。

从偶尔往来的只言片语中,我能够窥得一点儿她的焦虑和动摇,但我能给她什么建议和力量呢?地球这一边的我连自己生活里的问题都经常处理得一塌糊涂,人生真让人沮丧啊。

可是,她总能在气压越来越低时把对话拉回去:"几年之后说不定小行星就撞地球了,全毁灭算啦!"

她的面孔仿佛就在我的眼前。

2021年夏天,对我们彼此的人生来说都只是一个短暂的片段,是一种生活之外的生活,而后我们回到各自的人生迷宫,努力去摸索和探寻那个可能是唯一的出口。

我们或许都会走错一小段路，或许都有缺乏信心、茫然、不得不折返的时候。但有一点我很笃定，任何时候，当我轻轻叩响迷宫的墙壁，在墙与墙的缝隙间，一定会传来那声："姐姐，爱您！"

[4]

我和她只见过两次。

即便是在北京这样计较时间成本的地方,这个见面的频率也太低了。

每次想到这件事,我心里总是有些愧疚,却又不知道该如何向她解释。我本意是希望不打扰她,过度干涉她。

事情的起因,和小猫有关。

2023年的2月,我张罗着给小区里的两只小猫找领养人,在各个平台都发了帖子和照片。为了让它们在激烈的竞争中脱颖而出,我特意在光线最温柔的傍晚,用单反相机为它们分别拍了一组写真。

一号小猫长得特别可爱,目测不超过半岁,圆滚滚的小脸既萌又灵。它几乎算得上是一只小白猫,脑门有小小一撮斜着的深灰色,像是妈妈特意给它剪的斜刘海儿。

我为它挑选出封面照:它在一棵大树下,目光清澈地望着镜头,小鼻子是浅浅的粉色,身边散落着无数裂开的果实,周围的一切都是冷的、硬的,它小小一只,洁白,天真,无助。

我拍得很满意,再夸张一点儿可以说得意。谁看到那张照片都不能不承认，它是一只让人怦然心动的小猫。

二号小猫是一只小三花，我怀疑它混合了一些品种猫的基因，它的毛色比我认识的其他三花猫要浅得多，远远看过去像个蓬松的肉松海苔面包。它的眼睛不算大，加上毛色的分布，使它有一张看上去委屈巴巴的脸。

两只小猫都是女孩子，彼此是好朋友，每天结伴在草地上打滚，晒太阳，躲避那些没有拴绳的大狗。听到我的脚步声，它们会同时飞奔而来，用毛茸茸的脑袋蹭我的裤腿。

在自家院子里给它们摆了猫窝的姐姐也说不清它们从哪里来，我们都没见过大猫带它们。我也怀疑过它们是被人遗弃在小区，但小猫无法解答我的疑问。

通过一段时间的投喂和近距离观察，我判断它们的性格都很适合家养，于是果断采取了行动。

文案我写得很简洁，只有它们的基本信息和对领养人的基本要求，末尾是："有意者，请私信与我联系。"

如我所预料，一号小猫的照片发出之后，不断收到"宝宝太可爱了"之类的回复，有些善良的网友也会顺带加一句"二号宝宝也很有特色呢"，我不是不能分辨出来，那是买一赠一的夸奖，所以不免有一点点为小三花感到委屈。

很快，我收到了许多想领养小刘海儿的私信。为了给它找到最适合、最有责任心的领养人，我收敛起怯懦，逼自己强势起来。我见过公司管理层的朋友招人，流程与此有点儿相似，我每天仔细筛选私信，挑选出条件大致匹配的有意者，然后进行一对一的沟通。

在交流过程中，难免遇到一两个奇怪的人，提出一些让我感到不太舒服，甚至匪夷所思的要求，但这就是严格筛选的意义。小猫无法分辨善恶，我要靠人类所具备的良知良能和经验，为它寻获一个安全可靠的去处，不可以用它的生命冒险。

谨慎和苦心没有白费，我在所有想要领养小刘海儿的人里，选择了最有诚意的一家。我们在我熟悉的宠物医院碰面，我把东宝的航空箱当作小刘海儿的"嫁妆"一起交给了领养人。分别时，我蹲下去对它说："乖宝宝，以后就有家了。"然后，我怅然若失地独自开车回家。

这不是我第一次送养小猫，但为什么这次心情会那么酸涩复杂，仅仅是出于不舍吗？

在地下车库里坐了很久，答案浮上心头，我知道，是因为小三花。

如果说，在人类社会中，美貌是一种资源，一种不容置疑的优势，而我们出于各种各样的目的，总不太愿意直面这件事，那么在动物的世界里，这个事实是直接而赤裸的。

更符合人类审美的动物，总是会获得优待，总是会有更多的机会。

我对小三花感到极度抱歉，不仅没有给它找到一个温暖的家，还送走了它的好朋友，害得它以后都只能孤零零的。

强烈的愧疚让我在心里对小三花保证，就算一时找不到理想的领养人，我也会好好照顾你，绝不放弃。

带它去绝育的那天，我用手机拍了一段视频，它的表现感人至深，一呼一吸之间像是听懂了我说的每一句话。

"宝宝，我们去医院做个检查好吗？"

"喵呜，喵喵。"

"对呀，我们昨天说好了的呀。"

"喵喵。"

它每天都在那个姐姐家的院子里晒太阳，胖胖的，孤单地趴在废弃的花盆里，似乎还没意识到它的好朋友不会再回来跟它一起打滚，一起吃饭。

那段视频我看一次哭一次，这么好的小猫值得我继续努力。我把视频发在了某平台上，浏览量比我平时发的那些日常内容高得多，评论里都夸它聪明温顺，但没人想养，也有好心的女生留言："姐妹，众筹给它绝育吧。"

我回复说："绝育的费用我会负责，把珍贵的机会留给其他更有需要的小猫吧。"

而对于给它找一个家这件事，我几乎快要灰心了。

陪小三花在宠物医院做术前检查时，我收到一条陌生人的私信，来信人就是小菁。

"你好，我想领养一号小猫。"

看到这句话，我刚刚燃起一点儿希望的心迅速回归了死寂，只能机械地在对话框里打下一行重复了很多遍的客气话:"不好意思,一号小猫已经被领养了,谢谢您对小猫们的关注。"

"这样啊,没关系,二号小猫我也愿意排个队!"

排什么队呀,又没有别人想要它——这句话在我心里翻涌,可我说不出口。积蓄多日的情绪在这一刹那既像悲伤,又像狂喜。我一时不知道该如何回复,生怕一不小心,措辞失当,吓跑了对方,连这点儿渺茫的希望都葬送了。

随着小猫进入手术室的时间越来越久,我的恐惧也越来越沉重。在宠物医院的等候区,我默默地流泪,真是太脆弱了。直到情绪彻底稳定,我才给她回了消息。

我说:"等你方便的时候,我们可以通个电话,我详细给你讲讲小猫的情况。"

在通话中,她听出了我浓重的鼻音,那是哭过或正在哭的信号。她迟疑了一会儿,说:"你在哪家宠物医院?把地址发给我吧。"

"我们想和你一起积极治疗它,如果它以后能成为我们的小猫,我们会很高兴,如果成不了也没关系。我想过来看看你看看它,主要是看看你。你不要有太大的压力,真的就是想陪陪你,大家一起度过。"

她在过来的路上,给我发了这段话。

我第一次见她,就是在宠物医院门口。

她和男朋友一起过来,两人都穿着深色的冬装。她中等身高,面容清秀,中性风格的打扮,戴一顶针织的帽子。到了室内,她摘掉帽子,露出短得几乎能看见头皮的寸头。

"前两天刚剪的。"她有一点点不好意思,笑起来像个小孩。

我简短地向他们说明了小三花的身体状态:猫瘟弱阳,炎症很高,营养不良,术后需要住院护理。费用不用担心,我缴了押金,出院的时候多退少补,它是小流浪,医院会打折。

她静静听完,并没有问更多关于猫或钱的事,反而问我:"你好点儿了吗?"

我看着她的眼睛,那是一双很平静的眼睛,让我想到那种幽深的湖。

"我们出去透透气?"我说。

春寒料峭,我们俩在街边有一搭没一搭地聊天,交换了一点儿彼此的信息。

从对话中我得知,她在读博,男朋友工作,他们住在离这边二十多公里的地方,之前没有养过猫,但偶尔会喂一喂住处附近的小猫。

听到他们从那么远的地方过来,我吓了一跳,感觉自己无意间闯了祸,给他们添了很大的麻烦,只好一直说着真是对不起,真是不好意思,真是谢谢你们。

她笑一笑,声音很轻柔:"我就是怕你一个人太难过。"

停顿了片刻,又说:"你做了这么多,已经很消耗自己了,不要内疚,不要怪自己。"

她比我小几岁,但在当时的情境中,她才是更成熟的那个人。

这一幕,后来无数次回到我的眼前。

在过去的人生里,我有过很多珍贵的情谊,得到过很多毫无保留的真心,但那大部分来自我的朋友或知己,来自那些跟我认识了十多年,对我知根知底,与我息息相关的人。

小菁,她看上去那么腼腆、羞涩、寡言少语,不会比我有更多的社交热情。仅仅是在电话里听到我的哭腔,为了一只她未必会领养的小猫,穿过小半个北京来到陌生的我面前,轻轻地说"怕你一个人太难过"。

僵硬的肩膀忽然松了一下,像是做了很长时间的积分游戏,终于在这一刻兑换了一点儿奖励。我感受到了一种非常稀缺的、深沉的、来自人与人之间最原始的善意。

"等小三花手术结束,你看看它吧,要是没有缘分也不要勉强。我们小区环境还行,它住的那家院子的姐姐对它也很好,你不要有心理负担。"

小菁点点头,她的表情很少,让人看不出太多内心的想法。

直到她真正见到从麻醉中苏醒的小三花时,脸上依旧是那种淡淡的神情,看不出喜欢,也看不出不喜欢。我暗暗发出一声轻不可闻的叹息，猜想大概是没有眼缘吧。

无论如何，她带给我的远比我期待中的要更好，也更多。

有一点点遗憾，我觉得我们可能也不会再见面了。

小三花住院期间，我去探视过两次。其实护士妹妹每天都会在群里分享它的视频，也会尽职报告它的饮食和排便情况，我去了医院也做不了什么，无非摸摸它的小脑袋，叫一叫它，让它听听熟悉的声音。

我觉得，本来就没什么人喜欢它，如果连我都偷懒不去看它，它就更可怜了。

小菁也在群里，她很少主动说话，总躲在我说"谢谢医生护士，你们费心了"的后面，默默地跟一句"谢谢医生，谢谢护士"。偶尔私下问问我："姐姐，小猫平时喜欢吃什么呀？你觉得猫包好还是航空箱好？你家猫猫用什么牌子的猫砂？"

每当这时，我的心就会剧烈跳动，但我又不得不拼命抑制那股战栗，怕我的期待经不起验证，担心最轻微的确认也会变成道德绑架。

"不要惊动，等她自己情愿。"年少时吟诵过的句子让我镇定下来，安静地等待着小菁。

在小猫出院前夕，我收到了那条我好像足足等了一百年的微信："姐姐，我们要养它！已经买了好多猫咪用品啦！"

一个意义非凡的春天。

我们一起去接小三花出院,他们俩开心得简直有点儿手忙脚乱。我把FUFU的航空箱送给了小三花。好朋友有的,它也有,我觉得这样才算公平。

趁他们和小猫培养感情时,我悄悄去前台结账,手术费加上一个多星期的住院护理费和药费,想也知道押金不够扣,我预计要补钱,但单子打出来一看,我怔住了。

"他们也交了押金。"护士用眼神示意我。

什么时候?

单子上的日期显示是我和小菁第一次见面的那天——我们俩在门外聊天时,她男朋友付的。也就是说,他们俩在来的路上已经商量好了,就算最终没有成功领养小三花,他们也愿意尽力做一点儿实质性的事情。

我想起她说"我们想和你一起积极治疗它……"那不是说说而已。

小猫刚去她家的那段时间,我们联系得很频繁。她像每一个第一次养小动物的人那样,紧张、兴奋、难以置信,有许多想要分享的心情。

"姐姐,我想给它取名字叫'明明'!"

"它胆子好小哦,昨天快递来,它吓得躲到了沙发底下。"

"姐姐,它好像什么玩具都不喜欢玩,可能以前在外面见多识广吧，我再购置几样新玩具看看。"

刚开始只是聊小猫，后来和我熟了，也说自己的事，有种古早论坛时期超越虚拟世界的真诚和朴实。

读博读得很辛苦，又没什么收入，不知道还要不要坚持。马上三十岁了，感情稳定，好像是该结婚了。家乡很远，可北京的生活也有各种各样的难。

她经常发大段密集的文字，我从字里行间嗅到无比熟悉的东西，那是焦虑的味道。她的困惑、犹豫、挣扎、左右为难、自我否定，不是孤例，我经常从其他的女朋友那儿听到相同的问题。

我们都对自己有着不同程度的失望，可是生活不是静止的，它不会等我们修复了这些失望之后才继续。

无论在哪个国家或城市，有恋人还是孤身一人，无论是二十岁、三十岁甚至更大的年纪，我们终究只能自己寻求脱困之法，拿一把小小的凿子，在巨石和泥沙中耐心地凿出一条狭窄的生路。

一年多之后的夏天，小菁跟我讲："姐姐，我们领证了。我又捡了只小猫，现在明明有弟弟了。"

从她发来的照片上看，小三花更敦实了，成了肉松海苔大面包，生活安稳了，脸看上去却依然很忧愁。另一张照片中，它和弟弟抱在一起睡觉。那画面让我想到从前，它和小刘海儿在人家的院子里一起晒太阳，闭着眼睛，迷迷糊糊地等着那个有好吃的罐头的人出现，仿佛那就是它能想象到的最幸福的事情。

　　小菁很喜欢《蜡笔小新》，我也是。有次去东京，我特意多买了一些限定的周边，回来寄给她，其中有一个初代小新的钥匙扣，画风质朴，充满年代感。
　　这个土豆头的五岁小孩，用老头子的口吻对美伢说："妈妈，平凡是最幸福的。生病，意外，倒闭，离婚，这些事都不知道什么时候会发生。如果能平凡度过一生，那当然是件可喜可贺的事。"
　　我在第一次见到小菁时，就从她身上辨认出了同类的气质，那是一种低欲望、低能量、不擅厮杀、不愿挑衅人生也不太乐意接受人生的挑战，畏惧喧闹和复杂的人际关系，只想躲起来清清静静过日子的气息。
　　因此，我觉得，我们内心应该都很认同小新的看法。
　　或许，这个"我们"里还包括小三花。

[5]

2023年国庆假期前的最后一个工作日的下午，其实已经没什么工作气氛了，所有人都切换成了蓄势待发的度假模式。

我在一个多星期之前完成了书稿，在心头积压多时的重担彻底卸下，整个人懒散得没了形状。拎着一大包冻干猫粮在空荡荡的小区里转悠，找我的猫朋友。

就是在这时，墨墨发来消息问我："舟舟，你方便接电话吗？"

不得不承认，在相当漫长的岁月里，我其实是很害怕我的编辑的——不是特指哪一个，而是每一个。并不是她们都不近人情，个性严苛，归根结底是因为我还有点儿自知之明，清楚自己是个拖沓的、糟糕的作者。

在放假前夕收到这条消息，我立刻紧张起来，担心稿子出了什么问题。也没心思找猫了，就在人工湖旁的大石头上坐下来，等着她给我打电话。

"舟舟，书名你还有什么新的想法吗？"

"《她在快乐岛彼岸》不好吗？"

"不是不好，我也很喜欢，但我们都想想还有没有更好的，你觉得可以吗？"

我们俩在交流工作的时候，经常用问句，不管表达了什么样的想法和看法，最后一定会加上"你觉得呢"，那种委婉里藏着我们尽可能回避任何冲突的小心。

其实我的性格里有非常尖锐、顽固、粗粝的一面。大多数时候，我并不在乎别人怎么看待我，也不是很在乎我说的话和说这些话时的态度会不会让别人不喜欢，可每次面对墨墨时，我总会不自觉地有所约束。不知道为什么，也许只是她的温柔感染了我。

我答应她，会趁着假期再认真想想，但与此同时，我内心有另一个声音在绝望地呼号：不可能了，我不可能想出更恰当、更贴近主题的书名了！

神奇的是，有时候编辑会比作者本人更了解作者的极限，这是一种长期磨合，彼此试探，最终达到平衡的默契。

那个假期，朋友圈里晒的全是去各地旅游的照片，我没有出去凑热闹，而是关在家里把稿子又从头到尾看了一遍，毫无头绪，先入为主地认为，《她在快乐岛彼岸》就是最适合这部小说的书名。

是哪一个时刻，我想起了早在故事开始之前，我为什么要写楚格这个人，为什么要写发生在她生命里的那些事。在我回想这一切的时候，有一种无形的力量把我推回原点：在搬了三次家之后，我的书桌对着西面的窗户，窗外每天傍晚都会下一场雨。

那场雨就是这部小说的麦高芬，是贯穿始终的关键词。

我在假期中给墨墨发去了新的书名:"《她穿过了暴雨》,你觉得行吗?"

"这个好,舟舟,这个真的挺好。"

看到她这样说,我那颗悬着的心才回到它该待的地方,书名就这样定下来。

四五年前我们在公司第一次见面,我对她印象极深。

她高挑纤细,一张没怎么被生活欺负过的脸,一双叫人挪不开目光的、占据了面孔重点的大眼睛,眨眼的频率让我想到森林里的鹿,是真正意义上的美女。

我当时开玩笑讲:"这么好看的人,何苦做书?"

玩笑话里其实有几分我作为出版行业内的人的自嘲,但她当时对我认识不深,身边大概也没人像我这样讲话,因此很认真地解释说:"我喜欢看稿子,喜欢把一本书做得漂漂亮亮的。"

她的坦率和耿直,让我显得有些许轻佻。

我们是三十岁之后才认识的朋友。在这个阶段,我所见到的大部分人都经过许多历练和摔打,大家或多或少都懂得一些掩饰的功夫。境遇得意也好,失意也好,喜恶总不会太明显地写在脸上。而她有种与年纪不太相符的单纯和透明,我说笑话,她当真,我说真话,她怕再上当,总要追着问:"你是不是又骗我呀?"

我自觉在同龄人中不算圆融深沉,但人情复杂,她有时还不及我老练。

她总给我感觉很轻,像一朵云,或是树枝上的嫩芽和花苞之类,不太经得起风雪摧残。

但这也只是我的错觉。

事实上,她对于自己要做的事、要达成的目标是非常坚忍而执着的,对于自己所承担的责任和压力,也从不退缩或推诿。有时我觉得她简直是以一种献祭自己的方式在工作,在我看来这是反常的,我本能地觉得,她大概是在逃避另一些事情。

她不像我那么擅长为自己的软弱和散漫找各种借口。

或许也不是不擅长,只是不屑。

我在很久以前跟我的第一位责编断联后,一路上再也没遇到像她那样能制服我的人。后来这些年里,跟我共事的,要么是比我年轻许多的小妹妹,对我有不切实际的幻想,以为我是一个成熟的、自觉的、自我要求严格的作者;要么是对我有超过工作关系的私人情感,了解我的脆弱和苦衷,不愿向我施加更多的压力。

总之,她们的善意在一定程度上纵容了我的坏习性,写得不顺畅时,我经常自暴自弃地想,反正我又不是最畅销最厉害的作者,大不了我去死好啦。

任何人在工作中都难免遇到阻滞和瓶颈,但在墨墨身上,你永远看不到这种放任。

她并不狂妄自信，认为每一件事都能做到最好，也不是对事情的结果保持某种盲目的乐观。她只是在忧心忡忡的同时仍然全力以赴，一边焦虑，一边用具体的行动去抵抗焦虑，专注得让人怀疑她是不是预备耗尽心神。

我不觉得她对做书这件事怀有浪漫的热情，她就是纯粹的敬业和自律，在每一个环节上都不偷懒，不松懈，不得过且过或是卖弄小聪明。

很多人都会说，尽人事，听天命，但她是先尽人事，再尽人事，最后才听天命。

从《此时不必问去哪里》到《她穿过了暴雨》，我浪费了许多时间。她有时给我发微信，有时给我打电话，语气永远像第一次见到我时那么温柔。

"舟舟，你好吗？"

"舟舟，最近有想写的东西吗？"

答应她的事，我一拖再拖，总是有各种各样的原因和理由——我要搬家，我不舒服，我电脑坏了，我抑郁，我疲惫，我被乱七八糟的事情严重干扰，写不动——不管我翻来覆去说什么，她都只是静静听着，也不戳穿我。等我发泄完了，冷静下来后，她才不疾不徐地对我说："没关系的，舟，你不要太焦虑了，事情都会解决的。"

这就是墨墨，再生气也不说脏话，再着急也不把自己的压力转移给他人。

在她还没升职之前，还有些闲暇能跟我聊天，话题无非是些女生房间里的事，化妆品、衣服、最近胖了瘦了，有时也聊一点点感情问题和我们共同的困扰——心理健康问题。

我们之间并不特别亲昵，即便聊到自己的私事也都是浅尝辄止。我不认为是彼此不够真诚，不够信任，刻意有所保留。我觉得，最重要的原因是我们的燃点和冰点都不一样。

我更自由，也更冲动，寄情的事物和朋友也很多，我有我之外的我。

而她不允许自己有超出某个范围的太情绪化的表现，本身又不是容易亢奋或失控的性格，很多灰色的东西在她心里以不可觉察的速度堆积，因此孤独和痛苦所造成的自我消耗也格外严重。

她后来职位升迁，变得更忙，更焦虑，行色匆匆，经常出差，不是在高铁上就是在去机场的路上。半夜和我聊天的次数越来越少，偶尔给我发一句："舟，在吗？"等我看到再回过去，她又静默了。

我想，她并不是真的想倾诉什么隐秘心事，而是处于窒息的时刻，想叩一叩某扇门，至于门后的人是谁，能否回应她，能否真正理解她，是次要的。

重要的是，那个叩门的动作，让她得以喘息。

2024年的5月，《她穿过了暴雨》的签售会即将结束，倒数第二场的目的地是东北，沈阳和长春，那个周末是墨墨和班欢陪我一起出差。

从长春返回北京的高铁上，墨墨和我坐在一起，班欢坐在后面两排位子上戴着耳机，看她的营养学课程。

非常自然地，墨墨又问我那个熟悉的问题："舟舟，你最近好吗？"

面对她，我没什么想隐瞒的，但还是花了一点儿时间组织语言。在短暂的空白里，我望着窗外的风景，五月的东北大地广阔，萧瑟，鲜见苍绿。

我想起就在一个多月之前，在去往成都的航班的登机口，忽然收到笨笨的微信，那张截图是鸟山明去世的新闻。想起那一刻我心里的山呼海啸，我的童年，我的少年时光和青春岁月，我曾经熟悉的那个世界；想起我长久以来近乎愚蠢地相信，世上真有一种正确的人生观；想起我面对不可知的命运时忽强忽弱的底气……那一切好像伴随着一声坍塌的巨响，都在瞬间成了齑粉。

我如实地告诉她："墨墨，我不太好。"

我讲了很多，在短视频时代，我是多么困惑，又是多么无奈和吃力。讲我在日复一日的速成和速朽中，如何发现了一个诡异的真相：好的写作者和好的自媒体博主，这两个身份本质上是相斥的。作者自我训练的是沉静、缓慢、凝练、精雕细琢，而博主要反应迅速、嗅觉敏锐、讲究时效性，要抓"热度"和"痛点"。

可是，墨墨，时代掀起了滔天骇浪，我们普通人能走多远,不取决于双腿,而取决于浪。

在强悍的现实面前,我们的意愿和意志,实在微不足道。

墨墨,我该怎么适应这些呢?我该怎么接受我不那么喜欢的事情却反馈给我还算不错的结果,所以不得不坚持下去呢?

说这些的时候,我几乎快要流下泪来。

她沉默了很久,把纸巾递给我。

过了一会儿,她很坚定地说:"你就写这个。舟舟,就写你的生活,你的困惑和感受,只要这些感受是诚实的,我相信不管流行的是什么,仍然会有人被打动。"

不管我多么丧失信心,缺乏动力,她总会鼓励我,肯定我。尽管很多时候她面对自己的难题都力不从心,却还是相信,一个人,可以帮助和支持另一个人。

一个人,可以给另一个人信心。

2005年我以高中生的身份在杂志上发表了第一篇短篇小说,当意识到这已经是二十年前的事情时,我感到不可思议。

在这二十年的人生里,我没有再掌握第二种安身立命的技能,中间有很多次我觉得我的心已经被掏空了,灵也干涸了,余生将在绝望和恐惧中度过。

但在墨墨这样的女性朋友身上,我看见我所不具备的那些特质,单纯,专注,守时。人们总说,时间会证明一切,但时间其实是无意识的,它并不能证明什么,能证明某些东西的,是人。

　　她令我明白,是你做的那些事,你承担的那些事,最终决定了你是一个怎样的人。

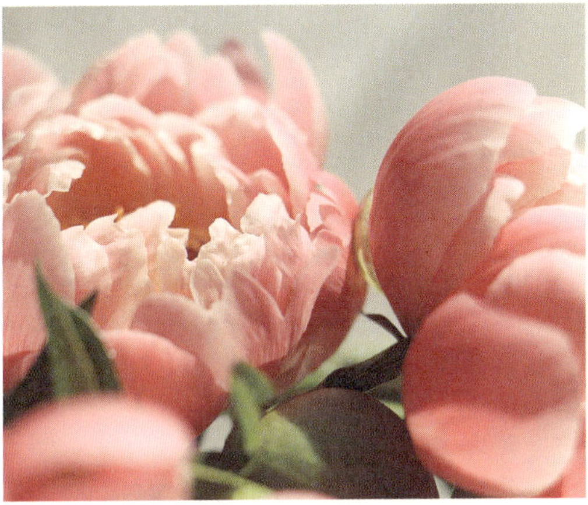

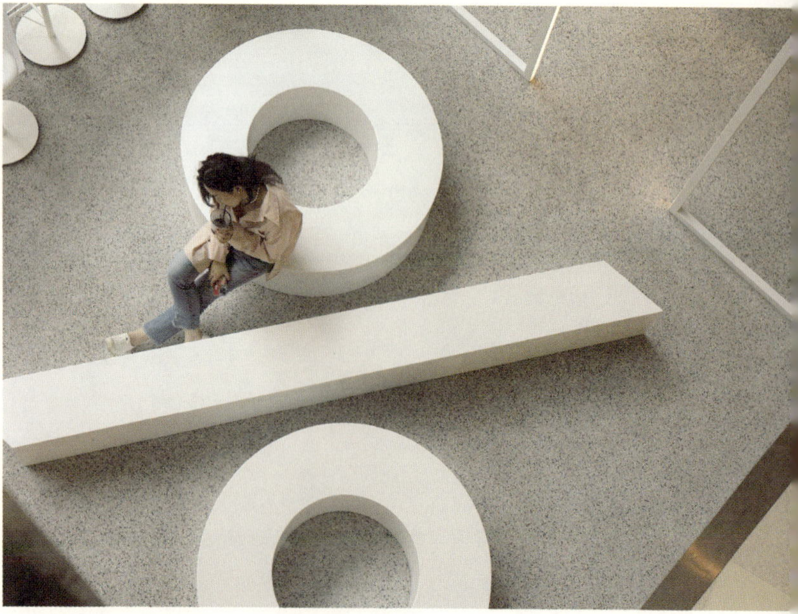

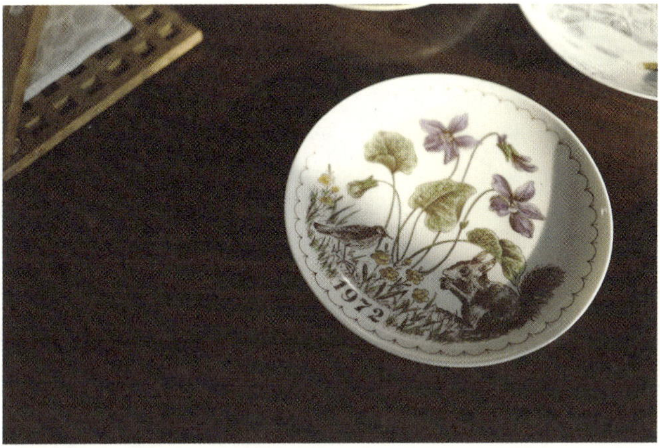
1972

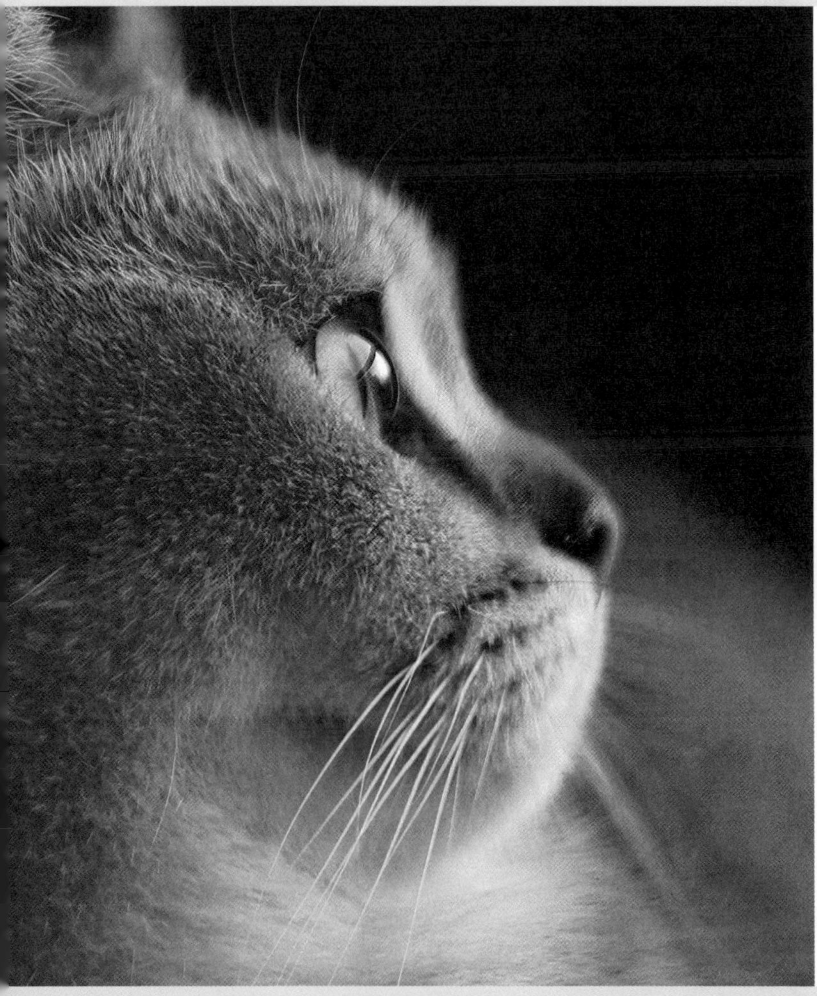

猫猫单元

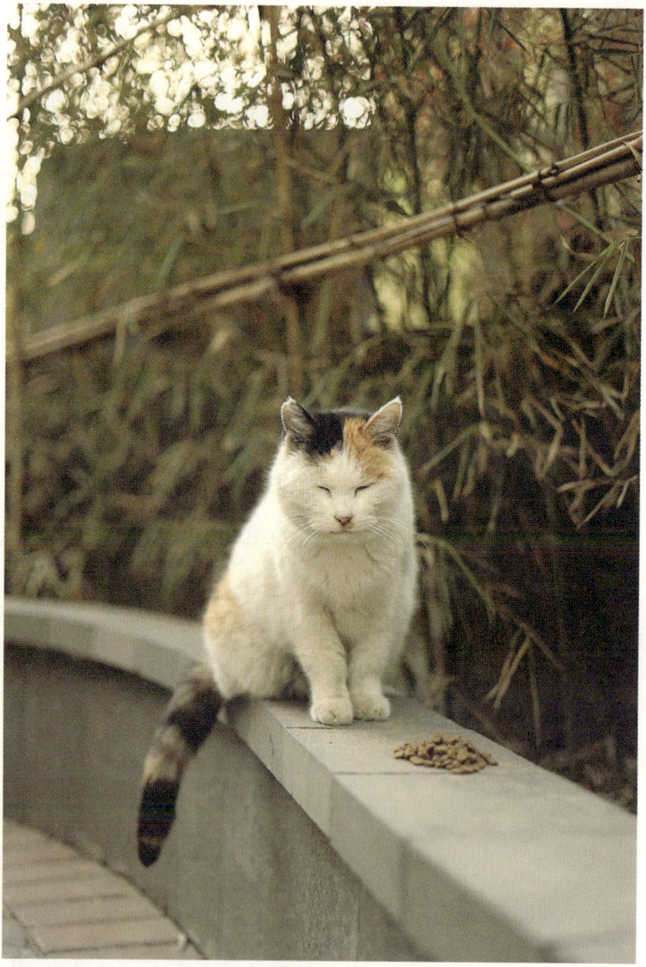

159

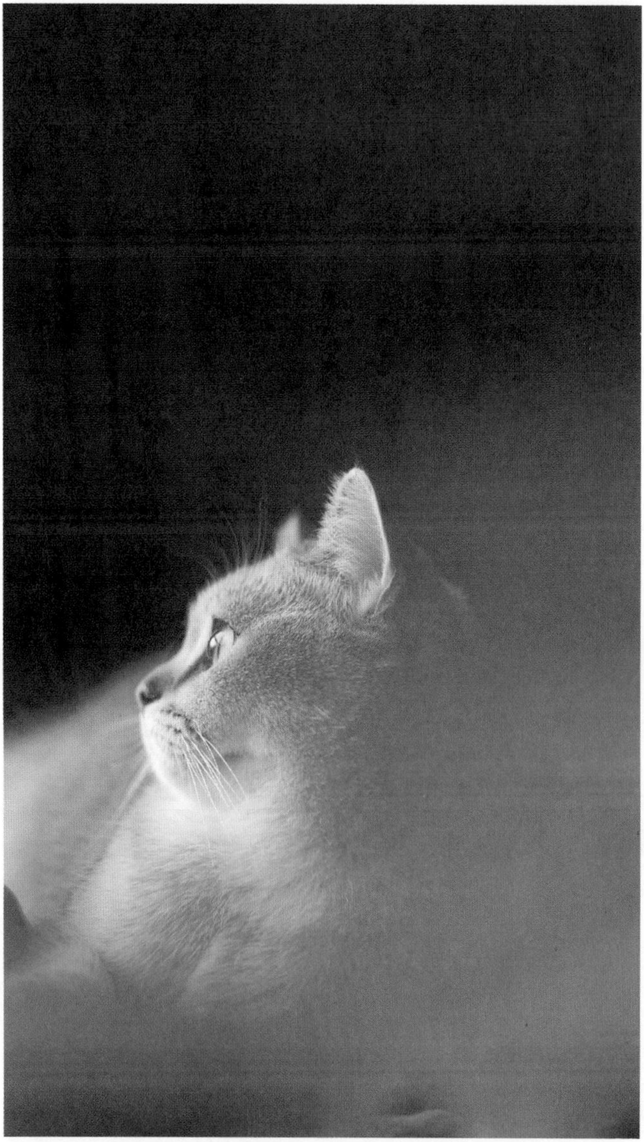

小猫不会说话，不会写字，也不会拍vlog，相对于人类的平均寿命来说，它们的一生很短暂。它们的故事和经历对于人类社会来说，似乎总是无声的。

不知什么时候起，我决定要做小猫的信使——至少是我遇到的这些小猫。希望我能挣脱人的自大、傲慢、居高临下，去理解它们，书写它们，即使只言片语，只要留下印记，就没有白白来过。

如果小猫会思考，或许会觉得这有点儿好笑。的确，这些字句不是猫猫的执着，是我的。如此看来，我到底还是没能挣脱人的傲慢和自大……

[1]

夏天晚上八点多,忽然起了大风,原本开着透气的窗户哐哐作响。我站在窗口往下看,小区里的树木被刮得东倒西歪,一副被狂风夺去了灵魂的样子。

到了十点多,深色的夜幕电闪雷鸣,仿佛宣告一场暴雨即将来袭。

东宝在客厅里"呜嗷呜嗷"地叫,声音清亮,能穿透墙壁。它不是害怕,而是按照它的生物钟,这个时间该吃鸡胸冻干了。每当这个时候,家里另外三只小猫就会围在它身边,用同样渴望的眼神望向我,仿佛东宝的叫声就是吹响了吃小零食的集结号。

我没有顾得上满足它们的要求,只是在心里默默地祈祷着:黑头、胖花花,还有其他小猫,一定要找个安全的地方躲雨啊。

黑头是一只短毛三花猫,后脑勺那块刚好有一整块方方正正的黑色,由此得名。如果对标人类女性的发型,我觉得它应该是齐耳的黑发,这么一想,还蛮时尚的。

喂猫的阿姨们提供了一些情报:它是我现在居住的小区里年纪最大的猫,没人知道它具体多大年纪,但有据可查的是,早在 2012 年,它就在小区出没了。

我在心里默默回忆了一下：2012年，我在长沙和北京两地之间往来非常频繁，年初结束了在印度的旅行，回来之后借居在朋友的毛坯房里写《我亦飘零久》，之后谈了一场恋爱，在整整一年的时间里，都对玛雅人关于"世界末日"的预言怀着惴惴不安的紧张和期待。

已经过去那么久了。

黑头在绝育之前生过两只小猫，都是女儿，一个叫美妞，一个叫丑妞。

我第一次听说这件事后，非常惊讶地问T阿姨："谁给黑头做的绝育？"

要知道，即使是现在，TNR（捕捉—绝育—放归）的理念也并不广为人知，即便知道，也不是所有人都从心底里接受或认可，何况是在遥远的十多年前。

"就是Z姐嘛，那时候她想出风头，就去向居委会申请了十多个名额，居委会出点儿钱，宠物医院打点儿折，她出力，把小区里的猫都抓去做绝育了。"

"了不起啊，功德无量。"我由衷地赞叹。

T阿姨撇撇嘴，很不以为然的样子，又强调了一遍："哎呀，跟你讲了，她就是为了出风头嘛。"

我再迟钝到这时也看出来了，这两位阿姨之间必然有点儿过节，感觉再说什么都不合适，于是我选择了闭嘴。

美妞很早就因病离世了，连张照片也没留下。丑妞幸运很多，绝育后跟黑头一起度过了艰难却也快快乐乐的十多年。和妈妈相同的是，丑妞也是三花猫，和妈妈不同的是，丑妞是长毛三花，还有点儿斗鸡眼，正面看上去有种滑稽的喜感。

黑头总爱黏着丑妞，爱跟丑妞贴贴，不管我拿来什么高级罐头、冻干，它都让丑妞先吃，剩下的自己才吃。

丑妞感不感动我不知道，可我从旁观者的角度觉得这样不公平，所以有时候我也会轻声细语地教育丑妞："这次让妈妈先吃嘛。"语气太柔和了，即使它听得懂也没什么威慑力，到头来只好遵循"谁痛苦，谁改变"的原则，我这个冤大头多准备一份。

它们的窝在一片竹林深处，像隐藏在翠绿中的小小堡垒。

每年过了秋分，T阿姨口中的Z姐便会开始给猫猫们做窝：选择体积合适的泡沫箱或是纸箱，在里面垫上一些旧床单旧衣服之类的织物，外面裹上防雨的黑色塑胶袋，最后在箱体的某一面划出正方形的入口，一个简单的猫窝就做好了。

我一直都知道她，但我们没有打过交道。有次碰巧在电梯里遇到，她牵着三只狗，六十出头的年纪，眼神穿过镜片冰冷地投射在我脸上。或许我在某种程度上确实受了T阿姨的影响（她跟我说了Z姐很多坏话），不禁有点儿害怕那张神情严厉的面孔。

她忽然开口问:"你就是那个小葛吧?"

我愣了一下,下意识地点点头。虽然不知道她是从谁那里听说的我,但我想我应该就是"那个小葛"没错。

"我准备做今年的猫窝了,你要的话跟我说,我住×楼。"她说话的时候,一直看着我。

话音落下,电梯到达她所住的楼层,她牵着狗出去了。

我没有去找她要过猫窝,同时隐约觉得,对任何人的看法都不可只听他人的一面之词。在我看来,她们老邻居之间的矛盾或许各有各的问题,但无论怎么样,都是对小猫好的人。

我手机里最后一张丑妞的照片,拍摄于 2023 年 6 月 9 日:它吃完饭,在一个大石头上抬起前爪洗脸,这是猫猫们的餐后礼仪。在那之后好些天没看见它。我原以为只是酷暑难耐,它躲到某个安静角落里去乘凉了,可在那之后又过了许久,依然不见它的踪迹。

我在它的活动范围里仔仔细细寻找过很多次,每次都带着它最喜欢的罐头和一次性纸碗,想着只要找到它就给它好好补补,但那些罐头最终都便宜了别的小猫。

"黑头,黑头,丑妞去哪里了?"我病急乱投医,蹲下来追着黑头问,"你带我去找丑妞嘛!"

黑头不说话,只是看着我,那眼神不像小动物,倒像是人和人之间的对视。

很久以后我才领悟出那个眼神的含义,它似乎是在问:

小葛，你还不明白吗？

很快，短暂的秋天来了，接着，便是像生活一样残酷且漫长的严冬。我每天都穿着最厚的羽绒服，在口袋里揣着猫罐头，顶着几乎能把人按倒、把大树连根拔起的凛凛大风，在所有能涉足的地方不死心地找着，小小声叫丑妞的名字。无数次在我看向园林景观的某个角落时，会产生幻觉，把枯黄的叶子看成它乱蓬蓬的毛。

是不是只有人类才具备自我欺骗这个本领？在那段日子里，我总试图相信，只要没有亲眼见到，那就是没有发生。

到了次年夏天，我终于不得不接受一个分明的事实：丑妞大概，确实，不在了。

在这个故事里，唯一能够慰藉我的细节是，丑妞从出生到去世，始终都和妈妈在一起。

丑妞消失后，黑头的性情发生了明显的变化。从前它只是不怕我，却也并不算亲近，总和我若即若离。可失去丑妞以后，它好像想通了一些事情，明白了世间真正能够倚靠的感情并不多。现在它吃饭之前多了一个环节——用它毛茸茸的小脑袋蹭我的裤腿，围着我打转，不再抗拒我的触摸，并在我挠它下巴毛时发出清脆短促的叫声。

有次我问T阿姨："你说黑头知道丑妞不在了吗？"

她用六十多岁人的生活经验回答我："当然知道，活到黑头这个年纪,都成精了。"

它如此聪明,温驯,又如此长寿,孤单,我伤心地发现:当这些词语组合在一个句子里时,我读出了残酷。

[2]

胖花花是一号楼的居民小猫。

它全身布满深深浅浅的巧克力色，唯有两只前爪和鼻头是白的，圆圆的脸，胖鼓鼓的身子，像个 mini 版的老虎，非常可爱。右耳朵有个明显的缺口，那是 TNR 的标志，用来标明"已绝育"，省得爱心人士分辨不清，又把小猫抓去宠物医院受一次罪。

它不是小区的原住民，大概是五六年前来的——这也是 T 阿姨分享的情报，说是喂了这么久，还是胆小得不行，摸都不给摸一下。

胖花花的标签就两个：胆小，能吃。

疫情那两年我住一号楼，后来房东要出售房子，一周会来几拨人看房，我不堪其扰，便搬去了旁边那栋。搬家前我特意找到胖花花，吓唬它说："以后我不住这栋了，你可别再到单元门口等我了，万一碰到不喜欢小猫的人，可就要倒霉啦。"

其实小区里的住户大多很友善，听说还有专门的宠物群，谁家小狗跑丢了，谁家小猫生病了，人工湖里飞来野鸭子了，群里总会热心讨论，尽量帮助。我不在群里，跟其他邻居也没有来往，这些都是偶然听其他人转述的。

我曾私下跟好朋友说，也许我的判断不够准确，但据我观察，他们之中的大部分都保持了中产阶级那种冷漠的体面，对非家养的小动物存有一份容忍和接纳，不觉得一只小猫、一些小刺猬、一群野鸭子，甚至几只黄鼠狼会侵占自己的生活空间，侵犯自己作为业主的权益和尊严。从善意的角度去理解，这何尝不是一种文明。

我恐吓胖花花是出于私心，希望它能机灵点儿，尽量降低存在感，有利于它在这个环境里长久地生活下去。

在我眼里，胖花花一直有种迷人的神秘感。它经常会消失几天，当你准备去找它的时候，它又会在固定的"小食堂"冒出来。

时间最久的一次，它足足消失了半年，我和T阿姨都伤心欲绝，一致认为它肯定是跑出了小区，遭遇了什么不测。

半年后的一个晚上，一号楼的保安神神秘秘地跟我说："那只猫回来了。"

"哪只猫啊？"我一时没反应过来。

保安说："就是很胖的那只，在草丛后边呢。"

我半信半疑地钻进灌木后面，打开手机的手电筒功能，冷白的光在树枝和叶片之间搜寻着，最后落到它圆滚滚的脸上，白色的鼻头和前爪，打了缺口的右耳，嘿嘿，还真是胖花花回来了。

没人知道它那半年去了哪里，从体形上看，不像是吃了什么苦头。它早已绝育，也不会发情、生育小猫。胖花花就像一个大都市里的独身女性，怀揣着不愿与其他人分享的秘密：也许它在这半年里经历了一次冒险的旅行，差点儿被困在哪里回不来了；也许它只是有什么不快乐的事情，需要一段时间治愈自己，藏起来不愿意见人。

我不禁想到了自己，每一年我在社交平台最沉默最低产的时候，恰恰就是我在背地里专心写东西的时候。或许对胖花花来说，那半年时间里，它也是在完成某一件比按时吃饭更重要的事情。

就像黑头和丑妞相互陪伴那样，胖花花原本也有自己的好朋友，一只纯白的小猫，叫小白。小白来得更早一点儿，跟胖花花如出一辙地胆小、谨慎，右耳上有缺口。它们是一对小闺密，见面先互相贴贴鼻尖，一起吃饭，一起在草地上打滚、晒太阳，从来不打架，看到陌生人或者大狗狗，就一起躲起来。

相对于胖花花"我既要吃你的饭，又要提防你"的态度，小白要乖顺得多。也许是因为白猫在自然界难以隐藏，在同类中又地位低下，它得到的友善并不多，因此对我一直很礼貌。唯一一次冲我哈气，是因为我看到它口鼻渗血，想抓它进航空箱带去医院看看，但动作太大，吓到它了。

虽然知道那是出于动物的自我保护本能，但我还是有点儿伤心，接连好几天，我虽然会悄悄给小白的食物里掺磨碎的消炎药和治疗呼吸道的药物，却赌气不像平时那样轻声叫

"小白，小白，吃饭啦"。

不记得是第几天，它匍匐在灌木丛里，仰起脸来看着我。我惊讶地发现，它口鼻处变得干干净净了。也许是流浪的小动物自身免疫力足够强悍，也许是我掺在猫粮罐头里的那些药物起到了一点儿作用，无论如何，它看上去情况好多了。

我蹲下来，叫了一声"小白"，就当是我们讲和了，我不生气了。

当时我不知道，那其实就是回光返照。

丑妞失踪后不久，小白也不见了踪影，鉴于它平时的健康状况，我心里其实有答案了，但仍为此难过了许久。

T阿姨说，这十几年来，小区里的人不停搬进搬出，买房卖房，租房退租，去世的去世，移民的移民，早就换了许多面孔。

而小猫们安静地、长久地留在这里，成了永久居民。

短短几个月，黑头和胖花花都失去了自己最亲近的伙伴，自那之后它们都独来独往，没有再跟其他小猫结伴。我不知道猫猫们会从哪个维度去理解"死亡""离别"这些我们人类都难以承受的痛苦。但我相信，它们也有感知，也明白虽然每天照旧日出日落，微风穿过竹林和树枝，叶子依然簌簌，但有些事情的确和从前不一样了。

因此我深深地希望，它们有属于自己这个物种的应对方式，不要像人类那样耽溺于悲伤和心碎。

不出门的日子，我每天都会去看它们，陪它们玩一会儿，跟它们说一些在别人听来可能会觉得愚蠢得有点儿好笑的话。我会带着消毒湿巾，帮它们把吃饭喝水的不锈钢碗盘擦干净，会在东宝的虎视眈眈中，从它的食品柜里偷罐头给黑头。

T阿姨有次看到我带的罐头和冻干，回去悄悄搜了价格，下一次碰到我时委婉地提醒说："照顾它们是一件长期的事，小葛，你还是要用更经济点儿的方式。我不知道你是做什么工作的，要是挣钱很轻松，你就当我没说。"

我理解她的提醒里的善意，出版行业无论如何也算不得"挣钱很轻松"，但思量过后，还是我行我素。她之后又碰到过几次，见我冥顽不灵也就懒得再劝。

该怎么解释呢？

像黑头和胖花花这种在外面生存了数年的小猫，几乎已经没什么可能去适应家养生活。它们年纪都很大了，性格也早已定型，领养是不好找的——哪里竞争得过那些棉花团子一样的小奶猫呢？

我忙起来有时顾不上它们，空闲时能做的也很有限，干净的水和食物不过是最基础的保障。夏天帮它们捉捉碗里的蜗牛和蚂蚁，冬天在泡沫箱做的猫窝里铺上加厚的毛绒小毯子。生病了，喂药，受伤了，送医，仅此而已。

丑妞和小白的不告而别在一定程度上对我造成了心灵上的震荡。我忽然之间清楚地意识到，生命的长度各有参差，人类眼中一朝一夕的得失，对于小动物来说却可能是一生一世。

我无非是觉得，现在多做一点儿，将来的自责、愧疚和遗憾或许就能少一点儿。

"好好吃饭，多活几年。"这是我对老猫们说得最多的话。

2022年我在家里写《她穿过了暴雨》，有时打开手机，社交平台上呈现的内容大都指向"无常"，常常令人充满虚弱和无力感。我与小说的主角意念相通，脑海中不断浮现出一个句子：我试图在这个瞬息万变的环境里寻获某种一成不变的事物，我有时失望，经常失败，但我永不放弃。

那时我跟很多朋友一样，每天都活在一种不确定中，一种茫然和惶恐交织的复杂情绪中，感到自己似乎失去了对生活的全部掌控。我唯一能决定的，"一成不变"的，就是到了下午某个时间点，换上衣服，戴好口罩，去小区里看看黑头它们。

其实我算不得很有爱心，当自己病痛或是忙碌疲惫、分身乏术时，也经常会涌起偷懒的念头，但绝大多数时间里，我还是会克服种种阻滞和内心的闪念，去完成这个动作。时间久了，就像身体里被植入一个固定的指令，一到时间，就不由自主地启动运行。

春天的云翳与晚霞,潮湿多雨的夏季湿漉漉的泥土,初秋夜里浓重的水雾,深秋干燥的落叶,冬天呼号的狂风,扑面而来密密麻麻的雪,等到阳光晒不到的角落里坚冰开始悄悄融化,光秃秃的树枝上也抽出了新绿的芽,我穿过四季,像四季穿过我的身体,在这种重复里,我获得了平静。

从功利主义的角度来看,这是一种毫无回报的投入,因此我也无从解释自己坚持做这一切的原因。直到某天,福至心灵,它的意义如同水滴石穿那样显现出来。

很多年来,我也形单影只,上学时在作业纸上反反复复写"茕茕孑立,踽踽而行",却要在很多年后才真正理解是什么意思。

我也有过亲密的朋友、真挚的友谊,有过深爱的人和自以为刻骨铭心的过去,但时间像不息的河水,终究还是冲散了这些情谊,带走了那些我所珍视的,我想要紧握却无能为力的。

就像这些没有家的小猫一样,我也在生活的浪潮中漂流沉浮,照料并修补着自己千疮百孔的心与灵,饥饿时忍耐,困窘时劳作,虚弱时积蓄。

我也曾期待过命运的慷慨和慈悲,从这个意义上来说,我就是它们的命运。

[3]

从来不曾想到,"死亡教育"这一课是小猫们给我上的。

搬到这个小区来的第一年,我还没有形成固定的习惯,只是偶尔会怀着"钱都花了,不能浪费"的小心思,把东宝不爱吃的罐头倒进洗干净的外卖盒,拿去楼下给其他小猫吃。

那原本是三月里寻常的一天,T阿姨叫我陪她一起去找"大黄"——一只橘猫,平时跟另一只同龄的三花猫形影不离,但连着好多天都只看见三花。

T阿姨在大黄平时出没的那片区域喊了一会儿。我看见角落里摞着几个木头箱子,心里一动:大黄会不会在里面?

我蹲下来,从洞口看进去,看见了一个橘黄色的、毛茸茸的小脑袋。

它喘着粗气,奄奄一息,难受得连抬一下头、挪一下爪爪都很困难,我当即知道,它已经没有自主进食的能力了。

吃不进东西,这是个极其危险的信号,意味着生命快到尽头了。

"能不能让保安帮忙把它抱出来?我回家拿一下航空箱,带它去医院看看。"

T阿姨瞪了我一眼："要是保安被挠了怎么办？"

我想了想，她说得也有道理，还是我自己动手吧。我小心翼翼地将手伸进木箱里，先试探性地抚摸了一会儿大黄，它的毛很枯很涩，跟那些营养充足的小猫完全不一样。我轻声哄它："大黄，大黄，别怕啊，我送你去医院看看。"

在伸出手的那一刻，我其实已经做好被它咬一口或是挠几道的准备，但自始至终它表现得极为配合、顺从，没有挣扎，没有反抗，连叫都没有叫一声。我明白，它并非不害怕，只是太虚弱，只能任人摆布。

没有时间回家拿航空箱，另一个阿姨顺手把自己的购物袋给了我。大面积的玫粉色上印着金色的SKP的logo，我就用这个购物袋拎着大黄去了最近的一家宠物医院。

血常规、PCR（聚合酶链式反应）、心超、腹超……我给大黄选了几个体检项目，它已经严重脱水，采完血就被护士送去了二楼的住院部吊水。

等待检查结果的过程是煎熬的，好在我有过独自去动手术的经验，人生的一点一滴都没白费。我站在宠物医院门口，脑子里既混沌，又好像一片空白。

不记得过了多久，护士推开门示意我进去，结果出来了。

那一刻，我好像又看到了命运的审判。

大夫拿着打印出来的报告给我解释，唯一的好消息是没有猫瘟，但坏消息一大堆：严重贫血、口炎、鼻支，还有最致命的猫传腹。

听到"传腹"两个字,我脑子里的混沌轰然炸开,悬着的心终于死了。

在我还没有养猫之前就了解过这个病:最开始是绝症,后来有了价格高昂的进口针剂441,一千多一支,要连续打好几周,一般人根本负担不起,只能眼睁睁看着小猫在痛苦中死去。再后来,有了国产针剂,价格相对便宜一些,但整个治疗周期算下来仍是一笔不小的费用。

大夫看我半天没说话,便试探着开解我说,其实按照大黄现在的身体状况,即便用441,也未必撑得过去,它还有其他病,总的治疗费用加起来会超过两万元,而最坏的结果是钱也花了,命也保不住。

他问我:"你要救它吗?"

眼泪鼻涕一齐流下来,我捂着脸,一句话也说不出来。

大黄没有吃过我一个罐头、一粒猫粮,在救它的这一天之前,我甚至没有见过它,因此就连我自己也不懂这份沉重的痛楚缘何而来。也许只是因为它是我亲手救助的第一只猫,这让我觉得,有责任为它多尽一点儿力。

我交了检查费和住院押金,又下单买了一周剂量的441寄到医院,做完这些我流着泪走回家。农历二月的风刮在我麻木的皮肤上,脸湿了又干,干了又湿,好似五脏六腑都蜷缩起来。

回到家里,我看着东宝那双漆黑明亮的眼珠,问它:"东宝，我们要救大黄吗？"

这不是一道简单的选择题，如果一个选项是对的，一个选项是错的，傻子也知道要选对的那个。但如果两个选项都是错的呢？

第二天上午，医院打来电话："葛女士，大黄没了。"441已经到了，它一针都没用上就走了。

我穿着前一天穿的那件蓝色大衣去宠物医院送别大黄，缘分竟然如此短暂，前后不到二十六小时。它瘦弱的身体包裹在白色的小毛毯里，一动不动，没有了抽搐和喘息，终于安宁了。

这样也好，我想，大黄，这样也好，不用再受苦了。

你是听到我内心的纠结和无奈了吗？谢谢你善良的谅解。我握着它冰冷的前爪，这是我第一次触摸到生命流失殆尽的身体，冰冷，僵硬，死亡如此具象地呈现在我面前，来自一只橘色的小猫。

我想到，他朝吾体也相同。

大夫和护士在我身后忙来忙去，我仿佛听不到那些脚步声和说话声，专心致志地哭了很久。

火化有两种规格，集体火化四百元，单独火化八百元，之后会将骨灰送回医院，通知人来取，我毫不犹豫地选择了后者。

我应该感到庆幸吗？原本是超过两万元的数额，现在只要八百元。

离开时，护士问我："这个你还要吗？"

我看着她脚边那个印着SKP的logo的玫粉色购物袋，空荡荡、孤零零的。

"麻烦你帮我扔掉吧。"

几天后我又去了这家宠物医院一趟，接回了一个青蓝色的小瓷罐子，还有一张黑色的对折卡片，上面有烫金字样：火化证明。

我将这张卡片放进了《她穿过了暴雨》第一部分手稿的文件夹里。在我的生命历程中，它们是同时进行，又几乎同时完成的事情。

我送走的第二只小猫凑巧也是橘色系的公猫，但比大黄颜色浅，是像鸡蛋布丁那种嫩嫩的黄色，于是我一直叫它浅色大黄。

浅色大黄看上去总是病恹恹的，眼睛鼻子脏兮兮的，有点儿迟钝，就连受到惊吓时的反应也比别的猫慢半拍。身体不好，偏又好战，脸上身上时常挂着战斗过的痕迹，不是这里秃一块，就是那里有道血痕，耳朵也破破烂烂，叫人分不清那是打架受的伤还是TNR的标记。

我经常一边喂它一边数落它:"你怎么这么喜欢打架呀,打又打不赢,笨死咯。"

它的头很大,脖子却不怎么灵活,不知道是先天脊椎发育不良还是受过严重的伤,总之它转过来脸看我的动作非常迟缓、笨拙、滑稽。

虽然不太聪明,但吃饭还是很积极的,胃口也很好,从不挑食,有什么就吃什么。我就觉得它会以这种窝窝囊囊的面貌一直活下去。

比起黑头它们,浅色大黄跟我的关系算得上疏远。大概是因为我住得离它的领地有段不短的距离,我们接触的机会很少,如果不是特意去喂它,它日常不可能偶遇我。

对于一只小猫来说,穿过几栋楼,越过人工湖,躲过那些没拴绳的大狗,这样的路程不仅遥远,也危机重重。所以我总告诉它:你不要乱跑,我会来找你,好吗?

2022年的10月,我又一次忙着搬家——那些年里我总在搬家。

平时我都是推着平板车走地下车库,亲手搬运那些我不放心让别人代劳的物品,偏偏那天房东委托我帮她处理掉几件旧家私,收旧货的师傅跟我约在一楼单元门口结账。

就在我们快要结完账时,我忽然听到,不远处保安的对讲机里传来物业的指令,一个女声说:"×号楼后面的绿化带里有只死猫,你过去处理一下。"

我浑身一颤,看向新来的保安。一个很面生的二十多岁的年轻小孩,极不情愿地扯了一个黑色垃圾袋要去收拾。我跑着追上去跟他说:"我和你一起去,应该是我认识的猫。"

虽然已经有了心理准备,拨开树杈看到泥土里那团像鸡蛋布丁一样的浅黄色,我的心还是剧烈地收缩起来。

我钻到灌木丛最深处,探了探它脏脏的小鼻子,确实没有呼吸了。

小保安不知所措地站在灌木丛外,我强忍住情绪问他:"物业叫你怎么处理?"

他说:"让我拿垃圾袋装上扔进垃圾桶。"

我一秒钟都没有迟疑:"不可以。"

"这样吧,我来处理,但是麻烦你去帮我找一个空纸箱过来,好吗?"

在他去找纸箱的那十几分钟里,我一边把浅色大黄身上的枯叶杂草逐一择干净,一边想起前几天晚上的情形:十一点多,气温只有四度。我写稿子写得卡壳,便想下去走走,还热了一碗鸡胸肉端着,想着遇到谁算谁,可逛了一大圈,一只猫也没看见。

正打算回家时,我在湖边的一块大石头上看见了它。

我蹲在石头上陪着它,耐心地看它吃完了一整碗鸡肉,连汤都喝得干干净净,跟它约定,过几天我忙完搬家的事就给它带罐头吃。

它还是用那种不太聪明的眼神看了我一眼,慢悠悠地,颤颤巍巍地往反方向走去。

那就是我们留给对方最后的,温暖的记忆。

后来我一直在想,长时间以来,我总觉得它比别的猫笨,跟我也没什么深切的羁绊和交情。但就是这么一只傻乎乎的小猫,在生命最后的时光,却释放了所有的灵犀,找到我住的这栋楼,给了我一个清晰的信号,让我循着这个信号找到它,妥善地安置它,体面地送别它,而不是被毫不爱惜地裹在黑色垃圾袋里,腐烂在垃圾桶里。

它是如何做到的?这是基于怎样的信赖而做出的判断呢?真让人匪夷所思。

我端着那只纸箱在小区门口等着宠物殡葬公司的师傅,比起第一次那么强烈的痛,这一次我哭得斯文了许多。想到那天晚上喂它吃了那么多鸡肉,我心里还是有些安慰的,浅色大黄是在人类朋友的关爱中走向生命的终点的,命运对它到底少些亏欠。

师傅从我手里接过纸箱,开收据时,他问我:"您的宠物叫什么名字?"

它不是我的宠物,它是我的猫朋友。

再见了,浅色大黄,照顾了你这么久,我当然预料到会有这一天,但绝对没有预料到我们的分别会如此有戏剧性。

送别你虽然也很悲伤,我却没有特别难过。我要谢谢你长久以来的信任,也要纠正自己对你的看法:你不是一个笨蛋,你是大智若愚的小猫。

祝福你下一世无论做什么都健康、自由、快乐,吃饭积极,从不挑食。

[4]

一封写给花狸猫的信。

花狸猫，亲启。

很久不见你了，也早忘了第一次见你具体是在什么时候。

你所在的区域是我喂猫路上的第三站，那是一片开阔的草地，挨着地下车库的入口。以前我开车回家会在入口处特意减速，抬头看看你在不在，时间长了甚至形成了肌肉记忆。那片草地里经常有狗屎，为了给你送饭，我时不时会踩到。

有时候你跟老朋友在一起，大多数时候你都是自己待着——这种生活状态，我们这些在北京的异乡人都很熟悉。

刚开始我以为你是一只年纪很小的猫，无论是体形、毛发光泽度、干净整洁的程度，还是你敏捷的身手和惊人的弹跳力，都很难让人想到你已经十多岁了，是黑头的同龄猫。

这个谜团也是T阿姨为我解开的。她于2013年取得枫叶卡，那是她后半生里一个特殊的时间坐标。虽然在五年之后她因为实在不堪长途飞行之苦而放弃了，但那一年仍然是她用来辨认"老猫"的重要标签。

"花狸猫在我去温哥华之前就在小区里了,很老啦,也是被 Z 姐抓去做的绝育。"她肯定地告诉我。

真是很神奇,明明经历了那么多风霜雨雪,你却仍然有一张漂亮的、不染风尘的脸。

我曾经问过 T 阿姨,在小区所有猫猫里,她最喜欢谁。她说:"那当然还是黑头和丑妞,喂得最久嘛。"

我想了想,黑头和丑妞我也很喜欢,但我最喜欢的还是你。

或者说,"喜欢"这个表述不够准确,我觉得在我们的关系里,你的所有都刚刚好:你对我没有防备却也不失机警,不过度亲密但有礼貌,你从来不撒娇但对我为你做的一切都很领情,你不讨好人,不谄媚,不急切,任何季节任何时候你都从容,镇定,游刃有余。

怎么会有一只小猫对分寸感把握得如此精妙呢?要知道,这一点就连有些人类都做不到。

二月下了一场小雪,那天我不确定你会不会来吃饭,但我又想大不了我吃点儿亏,白跑一趟也没什么。当我到了那里,看见你早已在雪中等我时,我还是不可避免地感到了一点儿羞愧。

小动物不知道人类所谓的契约,但凡涉及利益的事情我们都必须白纸黑字写下来,一式两份、三份甚至四份,好像签的名越多、盖的章越多，它的保障性和约束力就越强。而动物的契约精神是一种最原始朴素的表达：我想你会来，所以我等你。

君子之交淡如水。我以为我们会一直这样下去，即便有一天分别，也是淡然的、平和的。或许正是因为这样理想化，所以在情况发生变化之后，我的应对也是错愕的、激烈的。

从你身上我看到，生命的衰老有时是猝然的。

突然有一天你就吃不动猫粮了，我蹲下去仔细看你，才发现你淌着口水，很明显是口炎。这种病症在上了年纪的猫猫当中很普遍，如果不及时接受治疗，任由其恶化下去，最终小猫会因为口腔疼痛，无法进食，活活饿死。

我试图抓你去医院，但你跑掉了，是因为多年前被抓去绝育留下了心理阴影吗？但如果没绝育，你可能都活不到得口炎的年纪。

因为你不配合，我只好先采取保守的办法，买了好几种治疗口炎的药和喷剂，想方设法掺在罐头里、猫条里、打碎的鸡肉里，但即使是这些软的食物，你也只能慢慢吃。

你好像一下子就有了老态。

为了确保你尽可能把药吃完，我每次都是在旁边静静地等着你，不催促，不勉强，希望你能感受到这份关心。我说过你是很聪明很领情的小猫，你确实每次都把药吃完了，因此在相当长一段时间里，你的口炎得到了有效的控制，有一阵子你甚至又可以吃猫粮了。

但我内心总有种不安。

也许是因为我自己也生过病，我很清楚地知道，不管是人还是动物的身体都像一台精密仪器，一旦某个零件出了问题，即便采取某些方法和手段暂时遏制住了它，也毕竟没有从根源上解决它。

我担心你的口炎还会复发，但我不知道那是什么时候。

2024年的春天，我一直在出差，自顾不暇，喜怒不定，生活节奏失去了平衡。我无法再像之前那样规律地照顾你们，就连家里的猫猫们也因为我频繁外出而陷入了情绪低潮。

T阿姨给我发很长的语音消息说，很久没看到花狸猫了，年纪也到了，大概率是没了。

经历了丑妞和小白那两次不辞而别之后，我其实已经成熟了很多，听到这样的消息，我竟然迅速地、冷静地接受了。

你知道吗，不是只有动物才会自我保护，人也会——为了避免太过哀痛，我选择不要期待奇迹。

既然她说你不在了，那我就相信好了。

可你偏偏要给我一个奇迹。

当我跑完了全部的签售活动，回到了除了喂猫几乎不出门的宅家模式，你又出现了。那天晚上我隐隐约约看到似曾相识的花纹，竟然脱口而出一句非常没礼貌的话：花狸猫！

原来你没死呀!

但情况的确是越来越糟糕了,如我预料的那样,你的口炎比起上一次更严重了。我近距离观察后得出结论:药物已经不管用了,必须拔牙。

可是光有结论有什么意义,且不说这一次能不能顺利抓到你,就算将你强制送医,你的身体条件承受得了这么大的手术吗?你能扛得过麻醉吗?如果手术过程中有任何不测,我能原谅自己吗?

还有,还有,即便你坚强地度过了手术和住院治疗,拔完牙的老年猫绝不能再在外面生活,我能收养你吗?我有能力负担种种后续吗?

我被自己这一连串的问句问蒙了。

人不能仅凭着冲动做决定,尤其是为他者决定,只有烧昏头脑的热情而没有理性的可执行方案,这是不正确的。

我回到家里,心如刀绞,在微信上给同样养猫的妹妹发很长很长的消息,讲我的难处,讲我也有我的不得已。

她说:"姐姐,别太难过,你已经尽力了。"

我在潜意识里期待着什么——我是不是就在懦弱地期待着别人的宽慰,期待别人为我找好开脱的借口?

我没有尽力,我没有。

我最后一次见你是夏天的一个星期二。

那阵子我开始尝试做一些带货直播,每周三要去公司。其实我本性含蓄,呆板木讷,又笨嘴拙舌,这种短兵相接、需要非常强的应变能力和语言技巧的事情，实在非我所长。但我还是厚着脸皮，努力试试，多做一点儿也许能多一点儿收益，那就有机会多救一只小猫或是多买一包猫粮。

那天的你，已经吃不下任何东西，只是艰难地喝了一点儿水。

当我号啕大哭起来，你并没有受惊，而是深深地看着我。如果不是亲眼所见，我无法想象一只猫的脸上会有那样宽宥的神情。

"花狸猫，如果你真的不行了，不要选星期三好吗？星期三我不在。"

我哭着对你说这些愚蠢的话，鼻炎使我无法呼吸，只能一直张着嘴。我哭得几乎缺氧，尊严尽失，狼狈得不像一个成年人。

给世上摇摇欲坠的我，给一切明明是对的错。

有一瞬间我感觉到了灭顶般的绝望，不仅是因为你，还因为我是一个有着完全行为能力的人，比小动物强悍千百倍。但在这个人本位的世界里，不管我受限于什么，总之，我今天救不了你，往后也一定还有很多很多的无能为力。

你颤颤巍巍地走了，我也痛哭着走了。星期四我没有见到你，星期五也没有……直到写这封信，不计其数的星期三过去了，我再也没见过你。

这些日子，我经常想起你最后看我的那一眼，你好像想要告诉我，小葛，不要太执着。我也经常想起你消失后又出现的反复，也许那是一种有心的设计。

在你的设计中，我们已经练习过告别。

【全文完】

独木舟
本名：葛婉仪
作家

已出版：
小说
《她穿过了暴雨》《此时不必问去哪里》
《深海里的星星》《深海里的星星 II》
《一粒红尘》《时光会记得》

随笔散文集
《我亦飘零久》《万人如海一身藏》
《荆棘王冠》

绘本
《孤单星球：遇见另一个自己》

微博、抖音、小红书：@独木舟葛婉仪
微信公众号：独木舟（dumuzhoujojo）

独自生活

作者_独木舟

编辑_冯晨　　封面设计_孙莹　　主管_周延
技术编辑_丁占旭　　责任印制_梁拥军　　出品人_曹俊然

营销团队_杨喆　刘子祎　陈睿文

果麦
www.goldmye.com

以 微 小 的 力 量 推 动 文 明

图书在版编目（CIP）数据

独自生活 / 独木舟著. -- 西安：太白文艺出版社，
2025.6. -- ISBN 978-7-5513-3016-9

Ⅰ.I267.1

中国国家版本馆CIP数据核字第2025FM3125号

独自生活
DUZI SHENGHUO

作　　者	独木舟
责任编辑	赵甲思
封面设计	孙　莹
版式设计	纸　深
出版发行	太白文艺出版社
经　　销	新华书店
印　　刷	河北鹏润印刷有限公司
开　　本	880mm×1230mm 1/32
字　　数	130千字
印　　张	6.5
版　　次	2025年6月第1版
印　　次	2025年6月第1次印刷
印　　数	1—20,000
书　　号	ISBN 978-7-5513-3016-9
定　　价	49.80元

版权所有 翻印必究
如有印装质量问题，可寄出版社印制部调换
联系电话：029-81206800
出版社地址：西安市曲江新区登高路1388号（邮编：710061）
营销中心电话：029-87277748 029-87217872